1
悪役令嬢は
溺愛ルートに入りました!?
JN009240
Presented by Touya 十夜
Illust. 宵マチ

CONTENTS

プロローグ

「ひゃああああああああ!!」

喉の奥から、人生で1度も出したことがない声が出た。

そして、後ろにすっ転んだ。尻餅をついた形で、両足が地面を離れて天を向く。

幼い子どもでもやらないような無様な転び方だ。

けれど、転んでいるのは幼子ではなく、学園一プライドが高い侯爵令嬢だ。

周りにいた生徒たちから驚愕《きょうがく》したように凝視されたけれど、すぐに目を逸《そ》らされる。

……そうよね。高慢ちきな侯爵令嬢の転倒シーンを目撃したなんて、後からどんな文句を言われるか分からないもの。見なかった振りをしたくなる気持ちは分かるわー。

皆に同感しながら心の中でうんうんと頷《うなず》いたのだけれど、大勢の行動とは一線を画すように、私から目を逸らさなかった人物が1人だけいた。

――王国が誇る、冷静沈着にして有能なる王太子殿下だ。

王太子は軽く腕を組んだまま、目を逸らすことなく私を見下ろしていた。

その下劣な者を見るような酷薄な眼差《まなざ》しを見て、私の背中にびりりっと悪寒が走る。

「エ……、エルネスト・ハイランダー王太子殿下……!?」

全身で確信しているというのに、最後の悪あがきとばかりに彼の名前を確認する。

「……どうした？　私のフルネームなど呼んで。何かのたくらみか、――ルチアーナ・ダイアンサス侯爵令嬢？」

意趣返しとばかりに、腰に響くようなぞくりとした声で、私のフルネームが返される。

……ああ、その声好きです。大好きでした。

ではなくて。

「私が……ルチアーナ・ダイアンサス侯爵令嬢……!!」

声に出した途端、まるで雷に打たれたかのように色々なものが思い出され、がくりとその場に崩れ落ちる。

「ル、ルチアーナ様？」

「きゃ――！　ルチアーナ様がお倒れになりましたわ!!」

周りでは女子生徒たちが騒ぎ始めたけれど……すみません。今だけは、静かに気絶させてください。

私が悪役令嬢だと思い出してしまった、今だけは――……。

そう思いながら、私はぱたりと気絶した。

◇　◇　◇

『魔術王国のシンデレラ』

なんとも乙女心をくすぐるそのタイトルは、私が前世で夢中になってプレイした乙女ゲームのものだ。

舞台になるのはハイランダー魔術王国。

魔術王国という名前の通り、その国では魔術が発達していた。

王国の初代国王が絶大な魔力持ちであり、その力でもって国を救い、国を興したため、魔術を使える者が尊重されていたからだ。

とはいっても、魔力というのは遺伝するため、魔力持ちを婚姻相手として代々を積み重ねてきた貴族のみが使える力だった。

まれに貴族の庶子だか、突然変異だかで平民の中にも魔力持ちが現れるらしいけれど、せいぜいそれくらいだ。

だというのに、平民であるゲームの主人公は、絶大な魔力を持っていた。

それはもう、王国一といわれている王太子の魔力を凌《しの》ぐほどに。

このゲームは、その主人公が男爵家の養女となり、15歳でリリウム魔術学園に入学するところからスタートする。

主人公は元平民という理由で、入学してきた途端に学園中の貴族令嬢からいじめられる。

けれど、主人公はそれらの困難に、平民根性で前向きに立ち向かっていく。

そして、持ち前の根性と高い魔力で、大抵のことは自分で解決するのだ。

解決できない事件に関しては、上手い具合に攻略対象者であるイケメンたちが現れて、主人公を救ってくれるというご都合展開だ。

その攻略対象者の中で最も人気があったのが、魔術王国の王太子であるエルネスト・ハイランダー……先ほど私を冷たく見下ろしていた、銀髪翠眼のきらきら王子様だ。

そして、主人公をこれでもかといじめ倒すのが、ルチアーナ・ダイアンサス侯爵令嬢……つまり、私だ。

ルチアーナは典型的な敵役だ。

『傲慢で怠け者、唯一のとりえの火魔術ですら中の下なのに、実家の権力を笠《かさ》に着て威張り倒している悪役令嬢』――そう、完全なる嫌われ役だ。

一方、ゲームにおける主人公の攻略対象者は、全員が高位貴族か高い職位持ちだ。

主人公はその中から1人を選び、その相手をヒーローとして、2人で様々な困難に立ち向かうのだけれど、その際、2人の関係をことごとく邪魔するのがルチアーナだ。

主人公が誰をヒーローに選んだとしても、『彼には、高位貴族である私の方が相応《ふさわ》しい』と言って絡んでくる。

その結果、ラストでは、主人公とヒーローの関係を汚い手段で邪魔をしたという理由で、ルチアーナは断罪される。

15歳以上を対象にしたゲームだったため、そんなに過激なシーンはなく、断罪も緩めだったので、大抵の場合はお家取りつぶしの上、ルチアーナ一家が追放されるというものだった。

ゲームをプレイしていた時は「ちょっと軽すぎるんじゃないかー」って思っていたけど、とんでもない。

傲慢なだけで、能力もなければ、人好きする性格でもない貴族令嬢が、追放後にどんな生活ができるというのか。しかも、同じように役に立たない両親と兄弟がついてくるというのに。

「終わった。人生、詰んだわ……」

私は薄暗い自室のベッドで横になったまま、独り言をつぶやいた。

――学園で倒れ込むように気絶した後、私は侯爵家に運ばれていた。

そして、大事をとってベッドに寝かされていたらしいのだけど、目覚めて以降、「詰んだ」という言葉と、絶望のため息しか出てこない。

ああ、昨日までの私は、何の心配も憂いもなかったというのに。

どうして私は思い出してしまったのだろう？

学園であの時、――王太子の目の前で転倒する直前、私はいつものように王太子に対して誘いかけているところだった。

そして、やはりいつものように王太子から穏やかに、けれどきっぱりと誘いを断られていた。

普段であれば、『この私の誘いを断るなんて！』と怒り出すところなのだけれど、その時は『仕方ないよね、だって悪役令嬢だし』と、ふと思ったのだ。

そして、自分の思考を理解できなくて、首を傾《かし》げた。

『悪役令嬢？　何言っているんだ、私？』と、自分を不思議に思ったことを覚えている。

けれど、次の瞬間、まるで天啓のように頭の中に閃《ひらめ》いたのだ。

『私は、悪役令嬢だ!!』

そして、その閃きに衝撃を受けた私は、王太子を前に無様な格好で後ろに転倒してしまい……それから暗転。気絶して今に至るというわけだ。

――回想を終了した私は、ベッドから降りるとぺたぺたと部屋の中を歩いていき、鏡台の前に立った。

ごくりと唾を飲み込み、おそるおそる鏡に映っている人物を覗《のぞ》き込む。

鏡には、腰までの紫の髪に琥珀色の瞳の非の打ち所がない美女が、はっきりと映っていた。

その姿をしばらく見つめた後、私はがくりと俯いて、諦めのため息をついた。

……間違いない。

私はルチアーナ・ダイアンサス侯爵令嬢。

前世でプレイしていたゲームに登場する悪役令嬢だ。

だけど一体なぜこんなことに……と考えたところで、はっと自分の前世を思い出す。

前世の私はアラサーで、男性と付き合ったことがなかったから、「生まれ変わったら、モテモテの人生がいいなぁ」なんて、この世界を舞台にした乙女ゲームをプレイしながら妄想していた。

一人暮らしの部屋で、その望みを口に出したこともあったかもしれない。

……だから、望みが叶《かな》えられたということ？

一瞬そう考えたけれど、思い直して激しく否定する。

――いやいやいや、ない！　これはない!!

確かにルチアーナは非の打ちどころのないすんごい美女で、侯爵令嬢だ。

でも、『おほほほほ、望みが叶ったのかしら？』なんて、とても言えない。

なぜなら、ルチアーナは美女にもかかわらず、実際は全然モテていなかったから。

主人公のライバル役として、攻略対象者の全員に嫌われていたのだ。

彼女の周りにいるのは、彼女の家柄に惹《ひ》かれる腰ぎんちゃくの男性のみ。

しかも、何をやったとしても、最後に待っているのはヒーローから断罪され、追放される未来だ。

男性にモテモテの人生だなんて、とても言えやしない。

そして、残念なことにルチアーナは、モテないことに何の違和感もない人物だった。

なぜなら、ルチアーナが持っているのは美貌と家柄だけで、いいところなんて一つもなかったから。

常に威張っているし、怠け者で勉強しないし、高位貴族のくせに魔力だって強くない。

それなのに、実家の権力を笠に着て、あれやこれやと悪事を重ねれば、それは断罪されるだろう。

現状に絶望し、がくりとうなだれたところで、私はあることに気が付いた。

あれ、私、まだ16歳……？

自分の年齢に気付いた私は息をつめ、必死でゲームの記憶を辿《たど》る。

断罪イベントが行われるのは、……17歳だった！

ということは、私が断罪され、追放されるまで、あと1年あるということだ。

よかった、まだ間に合うわ！

私はどきどきと早鐘を打つ心臓をぎゅっと押さえ込みながら、ほ――っと安堵《あんど》のため息をついた。

……私は今、リリウム魔術学園の2年生。季節は秋。

主人公が学園に入学してくるのは、半年後の3年生の春。

そして、断罪されるのはさらに半年後の3年生の秋だ。

主人公はまだ入学していないし、ゲームは始まってもいない。

決めた！　それまでに人生を仕切り直して、断罪イベントを回避しよう。

よかった、前世では全然モテなくて、喪女（＝もてない女性）だったから、人生に恋愛がなくても平気。元庶民だから、お金がなくても平気。

ああ、解決策見えた――――!!

安心した私はそのままベッドに戻り、眠りについた。

1 脱・悪役令嬢計画

翌日、私は学園を休んだ。

「体調が悪い」と言って家族の前でふらついてみせたら、あっさりと欠席が許可されたのだ。

元々、ゆるい学園だし、ルチアーナがズル休みをするのもいつものことだったので、学園を休むことは思った以上に簡単だった。

『あーあ、こんなに簡単にズル休みが承認されるなんて、ルチアーナの怠けっぷりは家族も承知の上なんだわ』と残念に感じながら、部屋の中で1人、今後の作戦を練る。

まず、私が絶対に回避すべきことは、『断罪され、侯爵家お取りつぶしの上、家族で追放されること』だ。

そのためには、主人公に近付かないことが1番だと結論付ける。

主人公に近付きさえしなければ、主人公の恋路を邪魔することもないし、恋路を邪魔するために悪逆非道な行いをしたと、謗《そし》られて断罪されることもないだろう。

閃いたわ、私！

自分のアイディアににまにまとしながら、具体的な方策を模索する。

……そうだ！　私が学園を辞めるのはどうだろう？

あるいは、謎の難病にかかって、1年間休学するのは？

物理的に距離を取るのが1番だよね！

上機嫌で具体案を模索していた私だったけれど、しばらくして、そのアイディアを投げ捨てた。

……ダメだわ、これは。

実行した場合、下手をすると、私はこの家から追い出されてしまう。

なぜなら、リリウム魔術学園は王国の貴族にとって最高峰の学府だからだ。

王国の花である百合《リリウム》を名前に冠した王国直営の学園で、上級貴族は全員……本当に全員、この学園を卒業している。

この学園を卒業することが、上級貴族出身の証《あかし》と言ってもいい。

だから、学園を辞めた場合、私は瑕疵《かし》のない上級貴族とは見做《みな》されなくなってしまう。

伝統と格式を重んじる貴族たちが、そんな私をどう扱い出すかは火を見るよりも明らかだ。

私にはまっとうな待遇も結婚も見込めなくて、そんな私を両親が今まで通りに扱うことはないだろう。

何と言っても、王国有数の上流貴族であるダイアンサス侯爵家だ。

平民に嫁がせるくらいなら修道院に押し込めるとか、それより前に家から追い出すとか、両親なら平気でやりかねない。

私への愛情うんぬんの前に、侯爵家としてのプライドが先にくるのだ。

学園を休学するというのはぎりぎり大丈夫なような気もするが、休学中の1年の間に、回復の見込みなしと判断した両親から見限られるという可能性も捨てきれない。

両親の侯爵家としてのプライドは、天井知らずなのだ。

そして、1番恐ろしいのは、――――この世界がゲームの世界だと仮定しての話だけど――――ゲームの強制力がどこまであるのかが全く不明だということだ。

「ゲーム通りの世界」が「在るべき姿」として設定されており、そこからズレようとしたら、元に戻そうとする力が自然に働くのかもしれない。

そうだとしたら、たとえ学園を辞めていたとしても、謎の病で休学していたとしても、街中でばったり主人公と出会ったりしたらどうなるのだろう？

たった1度の出会いでいちゃもんをつけられ、断罪のうえ、家族ごと放逐されることはないだろうか？

そこまで考えた私は、腕を組んでう――――んと考え込んだ。

そして、考えて、考えた末、決意した。

『どうせ断罪されるのならば、学園に行こう』

なぜなら、今の私に1番必要なことは学問だから。

ルチアーナは怠け者だったため、これまで全く勉強をしてこなかった。

授業もほとんど聞いていなかったようで、この頭の中には全くと言っていいほど知識が入っていない。

入っているのは、どこそこの子息はイケメンだとか、どこそこのドレスは可愛《かわい》らしいとか、そういうことばかりだ。

もうほんと、我ながら何をしていたんだろうと思うけれど、異性とファッションのことだけを考えていたんだろうな。

そして、上級貴族出身だというのに、魔力も強くない。

こんな私が断罪され、放逐された後、どんな仕事に就けるというのか？

家族は当てにならない。

父親も母親も銀のスプーンをくわえて生まれてきた、生粋の貴族だ。

汗水たらして働くという考えは、全くないだろう。兄と弟にしても同様だ。

だったら、私が家族を養えるくらいのお金を稼げるスキルを身につけないといけない。

つまり、一にも二にも学習だ。

よし、まずは、自分に何が向いているのかを知ることから始めるぞ！

結局、ゲームの強制力が強いならば、どこにいても一緒。

でも、弱いならば、生き残れるかもしれない。

まず、今までの傲慢な態度を改め、誰にも突っかからず、喧嘩《けんか》を吹っ掛けず、平和主義に転向しよう。計画が上手くいかずに放逐された際、『前からあいつが気に入らなかった』と没落の手助けをされないためにも、敵を作らないようにするのだ。

そして、可能な限り気配を消し、目立たないようにする。

もちろん、王太子を始めとした攻略対象者には一切近寄らない。

ルチアーナは王太子に激しく恋をしていたようだけれど、背に腹は代えられない。諦めてもらおう。

そして、半年後に主人公が入学してきたら、こちらにも一切近寄らない。

悪役令嬢初心者がよく行う失敗は、嫌われずに好かれようと思って主人公に近寄っていくことだ。

けれど、これは愚の骨頂に他ならない。

なぜなら、どんなに親切にしたとしても、主人公に「意地悪をされた！」と言われた途端、その行為は意地悪になるのだから。

ほほほ、こう見えても、私は前世で乙女ゲームをやりまくり、少女漫画、乙女小説を読みまくっていたのだ。

乙女世界の適応力は高いのよ！

さらに言うと、私は元・日本人。

控えめでつつましやかな態度はお手の物ですよ！

目立たず、出しゃばらず、「え、ルチアーナ様いましたの？」と言われるようになるのが目標だ。

よし、頑張るぞ！

◇　◇　◇

翌日、私は「学園に通って、学問を修めるぞ！」と決心していたにもかかわらず、再び学園を欠席した。

これにて、2日連続だ。さぼり癖があるルチアーナにしても珍しいことだ。

けれど、私にはどうしてももう1日、静かな場所でじっくりと考えたいことがあったのだ。

それは、前世の私についてだ。

私は「断罪される悪役令嬢」という、物凄《ものすご》いマイナスポイントを背負っているけれど、これを打ち消すプラスポイントも持っているのじゃないかと、昨日ベッドに入った時に思いついたのだ。

そうそう、世の中って結構平等で、何とかなるものなのよ。

今の私が心底そう信じたいだけかもしれないけれど。

そこで、私は考えた。私のプラスポイントは何だろうと。

そして、考えついた結論が私の前世だ。

昨日さらりとご紹介したけれど、私の前世は日本人だった。

地方在住の平凡な一市民。

中流階級の平均的な家庭に生まれ、地元の大学を卒業し、地場企業に就職して、親元から少し離れたアパートを借りて一人暮らしをしていたどこにでもいる会社員、それが私だった。

ええ、まあ、アラサーで喪女だったけどね、より正確さを期すならば。

そして、アラサーだったという記憶しかないから、前世の私はそのくらいで死んだのだろう。

あるいは、もっと長生きして、結婚とかをしたのかもしれないけれど、その先の記憶が途切れているので分からない。

さて、話を戻すけれど、厳密に言うと、前世の私は就職してしばらくは実家暮らしをしていた。けれど、母親の価値観にどうにも耐えられなくなって、一人暮らしを始めたという経緯がある。

「女性の幸せは、結婚してこそだからね。素敵な旦那様を捕まえて、庭付き一戸建てで暮らすのが1番よ」

そうことあるごとに言われたら、段々と嫌になってくる。

今は色々な生活形態があってね、などと説明しようとしても、「独身のあんたは、結婚してないから良さが分かっていないだけ」と切り捨てられるのだ。

くー、その論理はどうなのでしょうね？

その論調でこられると、私は永遠に負けっぱなしですよ！

なぜなら、あなたの娘さん喪女だからね。結婚したい気持ちはあるけれど、男性への近付き方が分かっていませんから。

結婚どころか、お付き合いすることも夢のまた夢ですよー。

そういう反論を心の中で１００回くらい繰り返した後、私は一人暮らしを始めたのだ。

ええ、戦略的撤退というやつですね。

けれど、その一人暮らしで色々なことが身についた。

まず、料理。実家では作ってもらうばかりだったけれど、自分でちゃんとお昼のお弁当まで作れるようになった。

それから、節約するくせ。お昼のお弁当作りにもつながるけど、一人暮らしはお金がかかるので、自然とつましく生活する習慣が身に付いた。

その他にも、隣の人との程よい付き合い方とか、トラブルが起こった時の対処の仕方とか。

細かいことは他にもたくさんあるけれど、つまり、私は１人で立派に生きていけていたのだ。

そして、この経験が役に立つんじゃないだろうかと考えたのだ。

なぜなら、ただの侯爵令嬢ならば、突然路上に放り出されたら、何をしてよいかも分からないだろう。

けれど、私には一人暮らしの経験があるから、それを生かしてそれなりに上手く生きていけるんじゃないだろうか。料理人がいなくてもご飯が作れるし、侍女がいなくてもお買い物ができますよ。

それに、料理のスキル自体も有益だと思う。

おにぎり、ハンバーグ、トンカツ、唐揚げ、ぶり大根、カレーライス、などなど。

こちらの世界では、そんな料理を見たことがない。

こちらの世界の住人の舌に合うかどうかは分からないけれど、これらのメニューを提供するレストランを開くのはどうだろうか？

あるいは、生活便利品。

すぐには色々と具体例を出せないところが悲しいけれど、30年近く、科学の発達した国で生活していたのだ。

きっと、こちらの世界の人々が驚くアイテムがあるはずだ。

それで商売をすることはできないだろうか？

それから、1番価値のあることとして、ここは私がプレイしていた乙女ゲームの世界ということだ。

このゲーム『魔術王国のシンデレラ』の舞台は、今から半年後からの半年間だけだけど、私はその間のこの世界の流れを知っている。

これは、何かにすごく生かせそうな気がする。

将来を生きていけるくらいの、何かに。

これらのボーナス知識に、学園で学習することによってこの世界の知識がプラスされたら、家族全員でつましく生きていくくらいのお金は稼げないかしら？

イケる、何だかイケる気がするわ！
根拠のない自信に襲われた私は、明日こそは登校しようと思いながらベッドに入った。

2 新生ルチアーナ

「ごきげんよう、皆さま」

2日半学園を休んだ翌日、今日こそはと意気込んで、私は学園に登園した。

そして、控えめな表情を作って挨拶をしたつもりだったけれど……。

「まぁ、ルチアーナ様！　ルチアーナ様からご挨拶いただけるなんて、至極光栄ですわ！」

「ああ、相変わらずお美しい！　微笑《ほほえ》んだ姿は、大輪のバラも恥じらう程ですね！」

「ルチアーナ様がいらっしゃるだけで、ぱっと世界に光が差すようだな！　この2日間は、学園もどんよりと曇っていたはずだ」

あれあれ、おかしなことになっているわよ。

私は精一杯控えめな態度を装ったつもりだけど、どうやら皆が感心するくらいには、堂々とした煌《きら》びやかな態度だったらしい。

とはいっても、全員が私よりも格下の家柄出身だから、おべっかを使っているだけかもしれないけれど。

けれど、まずいことに、16年間高飛車な侯爵令嬢として生きてきたことは事実で。

そして、その16年間生きてきたルチアーナの人格も、確かに私の一部なわけだ。

今朝がた、窓越しにぱらぱらと雨が降っているのを見て、「今日はお休みしようかしら」と考えたことを思い出す。

改めて確信したけれど、ルチアーナには体の隅々まで怠け者思考が身についている。

約30年間の前世での堅実生活を打ち消す程の、怠惰なダメ令嬢の生き方を改めないと、あっという間に1年が経過して、何の手立ても打てないまま一家で放逐されてしまうわ。

ダメダメ、そんな生活は！　しばらくは怠け心との戦いね！

ぐっと片手で握りこぶしを作ると、私は心の中でそう決意した。

そして、いやいや、もう一つあったわと思い出し、もう一方の手でも握りこぶしを作る。

そうだった、私は二重苦だった。怠け心に加えて、無意識に魅力的に振舞おうとするこの態度を、どうにかしないといけないのだ。

やるわよ！　何たって、私は何事にも控えめな元・日本人。

誰からも気に留められなくなるという、「路傍の石作戦」を頑張るわ！

改めてそう決心した私は、おとなしめな（と自分では信じている）笑みを浮かべると、そそと取り巻いている人々から離れた。

前世の記憶が蘇《よみがえ》ったからか、3日ぶりに訪れる学園はとても新鮮に映った。あるいはこの世界自体が。

前世の私からすると、この世界は存在自体が不思議な場所に思われた。

魔術と剣とドレスの世界。

科学とスマホとスーツの世界で生きていた私からすると、全く原理が異なる場所だ。

そして、そんな世界を端的に表しているのが、この学園だった。

――王国王都の北側にある、高い白壁で囲まれた小さなお城、それがリリウム魔術学園だ。

元々は、湖が好きな初代国王の后《きさき》のために建てられた離宮だったという。

つまり、湖に浮かぶ島の上に築かれた王家の城を改築したもので、豪華で美しい造りとなっている。

ただし、位置的には王都の中心から少し離れているため、通学が困難という理由もあり、全ての生徒は敷地内に併設されている学生寮で暮らしていた。

とはいっても、生徒のほとんどが上級貴族の家柄出身という特殊事情を鑑みて、１人分が５部屋からなる豪華仕様だ。

内訳は、居間、私室、寝室、キッチン、侍女用の部屋で、侍女用の部屋があることからも分かるように、通常の生徒は寮での生活用にと１～２名の侍女を伴っていた。

かくいうルチアーナも普段は学生寮に住んでいて、２名の侍女に細々《こまごま》とした身の回りの世話を頼んでいる。

たとえば、喉が渇いた時に紅茶を淹《い》れてもらう場合とか、ルチアーナの着替えの時とかだ。……うん、今の私なら全部自分でできるな。

さて、リリウム魔術学園の校風は「自由と誠実」だ。

自由を掲げているせいか、結構色々とゆるい。

たとえば、入学時の年齢は、その年に15歳になる者、あるいは、それより上の年齢であれば問題ない。

そのため、2年生のクラスには私と同じく16歳が1番多いけれど、17歳とか、王太子のように18歳とかもいてばらばらだ。

次に、私の学問知識がぱっとしないことからも分かるように、学園の成績管理は厳しくない。

試験はあるものの、あくまで本人が自分の学力を把握するため、もしくはクラス編成などの生徒管理のために学園側が把握するためのものであり、個人に配布する成績表はなかった。

そもそも、この学園は魔力持ちの伯爵家以上の子弟であれば誰でも入学できる。

ハイランダー魔術王国では魔力が強い者が優れていると考えられ、魔力が強い者が多い上級貴族の子弟は未来の重臣候補と見做されての措置だ。

このことからも分かるように、上級貴族に必要なものは必ずしも勉学の知識ではないというのが学園の考え方だった。

そも勉学の知識が欲しければ家庭教師に教わればいい話で、なぜ、綺羅星《きらぼし》のごとく上級貴族が集まる場所で、せせこと机上での個人作業に勤《いそ》しまなければならないのか。

学園が育てたいのは単なる物知りではなく、物の見方や考え方、人生を設計する能力を持った人物だ。

そのため、学園が推奨しているのは学生同士の意見交換や共同作業で、綺羅星たちの切磋《せっさ》琢磨《たくま》により複合的・総合的な物の見方を身につけさせること――それが、学園の掲げる最終目標だった。

そんな学園の制服には、青と白のコントラストが効いた色合いの、伝統的なスタイルが採用されていた。

男性はズボンタイプの、女性はドレスタイプの作りとなっており、男性は袖口に、女性は全体にフリルが飾られた、制服とは思えない煌びやかな仕様だ。

特に有名なのは制服に使用している青い色で、その特殊な青は学園名にちなんで「リリウムブルー」と呼ばれ、王都の若者たちの憧れの色となっていた。

学園外では制服の着用は義務付けられていないけれど、リリウム魔術学園の生徒であるということが最高のブランドのため、学園の外でも好んで着用する者が多い、なんて話が語られるくらいには本学園の制服は人気があった。

私は制服の生地を指でなぞると、その触り心地のよさに目を細めた。

全く、どんな材質を使ったら、こんな触り心地になるのかしら。

制服の金額は不明だけど、間違いなく前世の私の月給よりも高いわね！

私は教室に入ると、教室奥の窓際、その最後列にある自分の席に座った。

季節毎に行われる座席決めは、基本的に生徒同士の話し合いによって決定される。

つまり、学園内の権力者であるルチアーナが、意図的にこの席を選んだことは明らかだった。

……ここだと、前の席に背の高い生徒がいたら、前がよく見えないわよね。

そして、私から教師がよく見えないということは、教師からも私がよく見えないということだ。

ルチアーナったら、全ての行動に怠け心が出ているあたり、本当にダメ人間ね！

けれど、新生ルチアーナはそれでは生き延びられないんだから。

そう考え、冬の座席決めの時には、１番前の席にしようと心に決める。

座ったまま机の引き出しを開けると、置きっぱなしにしていた教科書が何冊も入っていたので、取り出して表紙を眺めた。

王国共通語、王国古語、数学、音楽、天文学、魔術理論、魔術実践書。

残念なことに、ルチアーナの頭の中には、学園で学ぶ授業科目すら入っていなかったので、私はやっと、学んでいる科目が何かを知ることができた。

なるほど。こうやって見ると、確かにどれも生きていくうえで必要そうね。

天文学や魔術関係の教科書があるところが、乙女心をくすぐるけれど。

けれど、ダメダメ。今はそんなことを言っている場合ではないわ。

新生ルチアーナは、学問第一令嬢に生まれ変わるんだから。

私に何が向いているのか、何をやってお金を稼ぐことができるのかを見極めるためにも、全てを全力で学ぶわよ！

そういえば、前世の私は、『学生はいいわー。勉強だけしてればいいんだから』……なんてことを、だらだらとお菓子を食べながら口にしていたわよね。

あれは就職した以上、学生には戻れないことが分かっていたからこそのセリフではあったのだけれど、久しぶりに学生に戻ってみるとどうなのかしら？

やっぱり、学生はいいなって思うのかしら？

そう思いながら、私は教科書を開いたのだった。

◇　◇　◇

開いた教科書は王国古語だった。

たくさんある教科書の中から古語を選んだ理由は、1番薄かったからだ。

古語というからには、かつて王国で使われていた言葉なのだろうと思い、文法や、古《いにしえ》の単語などが羅列されているのかと思いきや、短めの話が幾つも幾つも掲載されているだけだった。

いや、短めの話とも言えない一つの文、ものによっては途切れた一文にもならないフレーズのような記載まである。

とりあえず、開いたページから読むことにする。

「『風の契約により、かく語りき精霊は、いと高き』……って、これで終わっているの？　これって、明らかに文の途中だよね？」

私はさっぱり理解できないので、大きく首を傾げた。

けれど、それでは何も進展しないと、再び教科書に視線を落とすと読み進める。

「分からないものは仕方がないわ、気を取り直して次の文章は……『黒百合の森に現れし緑の蛇は、赤き湖にて永遠に眠る』……うーん、一文がちゃんと終わっていても、理解できないわね。なんじゃこれ、暗号かしら??」

授業をまともに受けていれば、この意味不明の言葉の記載を理解できるのだろうが、いかんせん、古語の授業の記憶が何一つ頭の中から出てこない。

頭の中から出てくるのは、3年生の剣技の練習風景だけだ。

……ああ、ルチアーナがこの席を選んだ理由が分かったわ。窓から、他の学年の授業風景を見るのに都合がよかったからね。

そして、古語の授業を思い浮かべようとすると、3年生の剣技の練習風景が浮かぶということは、ルチアーナは古語の授業中はいつも、この窓から運動広場で行われている剣技の練習を覗いていたに違いない。

王太子にべったりとくっついている割には気が多いことねと思ったけれど、そこではたと思い当たる。

うああ、これは悪役令嬢の特質だわ‼

ゲームの主人公が誰をヒーローに選んだとしても敵役としてからめるように、全ての攻略対象者に並行して秋波を送っているというか、情報収集をしているのだろう。

いや〜ん、ルチアーナったら傲慢お嬢様なだけではなくて、気も多いなんて。この、欠点だらけ令嬢め！

なんてふざけている場合ではない。

一家での追放を避けるためにも、まずは全ての攻略対象者から距離を置くというのが、絶対にして堅守すべき作戦だったはずだ。

私は気を引き締めるため、机の横に掛けていたバッグを開けると、休んでいる間に書きつけてきた、『機密文書』と表紙に書かれたノートを取り出した。

……ふはは、私を舐《な》めてもらっちゃ困る。

これでも前世では毎晩毎晩、飽きもせずに『魔術王国のシンデレラ』をプレイしていた熱心なゲーマーだったのだ。攻略対象者のリストアップなど朝飯前だ。

問題なのは、このゲームは攻略対象者が多いと有名だったことだ。学園内だけでも4人いる。

私は一覧表のうち、『学園内』と書かれたページを見つめた。

魔術王国のシンデレラ☆
学園内攻略対象者一覧

1 王太子　エルネスト・
リリウム・ハイランダー
2年Aクラス（同じクラス）、18歳。
普段はミドルネームを忌みて、
省略することが多い。

2 隣国の第2王子
カール・ニンファー
2年Aクラス（同じクラス）、17歳。

3 筆頭公爵家の嫡男
ラカーシュ・フリティラリア
2年Bクラス、19歳。
エルネスト王太子の従兄。

4 公爵家の3男
ルイス・ウィステリア
1年Aクラス、15歳。
代々強大な魔力を持つ
公爵家の一員。

一読した私は、ふひーっと息を吐き出した。

うわー、改めて見ると、さすが攻略対象者だけあって、全員が高位者だわね。

1000人集まっても1人も交じらないと言われる、王族と公爵家しかいないなんて。明らかに異常な集中具合だわ。

くわばら、くわばら。私は危機管理能力の高い悪役令嬢ですから、絶対にこの4人には近付きませんよ。

「……ええ、ええ、この4人だけは、絶対無視だわ。完全無視のムシムシ作戦よ」

私はいつの間にかノートを両手に掲げ持ち、間近に覗き込みながらぶつぶつとつぶやいていた。

この４人から逃げ回ることが命題だと、本当に熱心に一覧を覗き込んでいたため、その中の１人に話しかけられるまで、至近距離まで近付いてこられたことに気付かなかった。

「――なぜ、私の名前が書いてある？」

そう質問されて初めて、私はすぐ横に人が立っていることに気付いたのだった。

◇　◇　◇

私は正に今、絶対に近付くまいと心の中で名前を読み上げていた人物を間近で見上げる形となり、あんぐりと口を開けた。

ラカーシュ・フリティラリア――筆頭公爵家の嫡男にして、エルネスト王太子の１歳年上の従兄だ。

つまり、貴族の頂点に位置する公爵家の中でも１番の家柄で、さらにその後継ぎの立場にある者ということだ。

加えて、文句なしの美貌と頭脳、強力な魔力。

全ての能力を備え持ったラカーシュは、正に「選ばれし者」だった。

そのため、超上位者の陥りやすい悪質を受け継いだラカーシュのプライドは、世界最高峰の山よりも高かった。

自分より下の者は――――つまり、王族と両親以外は――――1段下等な生物だと思っている節が見受けられる。ルチアーナの記憶の中の彼も、前世でプレイしたゲームの中の彼も、どちらもともに。

「ダイアンサス侯爵令嬢、一つ忠告をしよう。君のようなタイプは、学園に婚姻相手を探しにきているのだろうが、この学び舎はそのような目的のためにあるのではない。疾《と》く去られるがよかろう」

今日の天気を話すかのような気安さで、非常に辛辣なことを口にされたのだけれど、言葉の意味はほとんど頭に入らなかった。

なぜなら、攻略対象者という美形必至の相手から、至近距離で覗き込まれていたのだから。

私は驚きのあまり硬直し、そのまま目の前の貌《かお》を凝視する。

ラカーシュは黒髪黒瞳の、彫像のように整った美貌の持ち主だった。

その美貌を至近で見つめながら、ああ、そういえばラカーシュのあだ名は「歩く彫像」だったなと思い出す。

もちろんこれは、その整った美貌からつけられたあだ名ではあるのだが……裏の意味は「彫像のように表情が変わらない」ということだ。

つまり、我々のような（筆頭公爵家より）下の人間相手に感情が動くことはなく、能面のように表情が変わらないということだろう。

「ダイアンサス侯爵令嬢？」

至近距離で見つめ合ったまま、瞬きもせずに呼吸まで忘れた私に対し、訝《いぶか》し気な声が掛けられる。

けれど、それでも私は微動だにすることができなかった。

も、も、元喪女ですから！

どうしよう。記憶を総動員しても、男子とこんなに至近で見つめ合った覚えがないんだけど！

(※注：前世の記憶が戻る前のルチアーナの行動は除かれています)

えええええ、なんなの？　人間の目ってこんなにきらきらして綺麗なものなの!?

あ、多分これ、種族が違う。貌が整いすぎていて怖い。声も素敵で怖い。近付かれると息が止まるとか、悪い魔術師だろ。怖い、美形怖い。

そんな風に頭の中では取りとめのない思考がぐるぐると回っていたのだけれど、体は硬直したまま息もできない状態だった。

そして、あ、これはマズい、窒息すると思った瞬間、「ご令嬢？」と言いながらラカーシュが手を伸ばしてきた。

まさにその手が私の一部に触れようとしたタイミングで、私の体は硬直状態から解除され、「ひぃぃ」と言いながら椅子から飛び上がった。そして、がたたんっと派手な音を立てて、床の上に尻餅をつく。

ラカーシュは――――上級貴族の中の上級貴族であるラカーシュ・フリティラリアは、紳士の心得として床にへたりこんでいるご令嬢の手を取るでもなく、わずかに眉根を寄せると口を開いた。

「何だい、その対応は？　私に乱暴されそうになったとでも言って、何かを勝ち取るつもりかい？……君みたいなご令嬢の思考を理解することはできないので、私の想像が当たっているとも思わないが」

言いながらわずかに目を眇《すが》めると、冷ややかな言葉を続けた。

「ダイアンサス侯爵令嬢、学園を休んでいた間に、人迷惑なたくらみを思いついたようだね。廊下を歩いていると、君が教科書を開いているなんて初めての光景に当たってしまった。何事だろうかと思って観察してみたら、これ見よがしに『機密文書』と書かれた書類を読み始める。もちろん、興味をそそられて近付いてしまった私にも問題はあるのだけれど。でも、『魔術王国のシンデレラ☆学園内攻略対象者一覧』とは何の遊びだ？　私はもちろん、エルネストを君の遊びに巻き込むのは止めた方がいい」

言われた言葉は頭に入っていた。

けれど、その時私は別のことに気を取られていた。

つまり、『おお、これがあの有名な「エルネスト呼び」！』と興奮していたのだ。

エルネスト王太子を呼び捨てできる人間など、王国広しといえど国王夫妻以外には、このラカーシュしかいなかった。だから、王太子の敬称を省いたその呼び方は、「エルネスト呼び」と前世で尊ばれていたのだ。

「さすがですわ、ラカーシュ様！　王太子殿下を呼び捨てるなんて、ぞくぞくします!!」

私は「生エルネスト呼び」を見ることができた興奮で、思わずラカーシュに話しかけてしまった。

はっとした時はすでに遅く、若干引き気味のラカーシュがそこにはいた。

「………ぞくぞく、……ぞくぞくするのか？　全く申し訳ないが、それが風邪の前兆であることを祈っているよ」

「え？　あ、ああ、そ、そうですわね。昨日まで休んでいたんですもの。そう、風邪がまだ治りきっていないようですわ」

「風邪？　倒れた時に足を捻《ひね》って、歩行に問題があるから休んだと聞いていたが？」

「そ、そそそうです！　捻挫のような風邪だったんです！」

「………新種だな」

ラカーシュは諦めた様なため息をつくと、もうこれ以上会話を交わすのが面倒だと思ったのか、ちらりと横目に見てきた。

「忠告はしたよ？」

そして、それだけを口にすると、教室から出て行った。ラカーシュは隣の教室だから、自分のクラスに帰ったのだろう。

ラカーシュの後ろ姿を見ながら、私はぱちぱちと瞬きをした。

……あれあれ、案外優しいじゃないの？

ラカーシュはもっと、『疑わしきは全て罰する』みたいな、少しでも怪しいと思った者は、問答無用で排除するタイプかと思っていた。ゲーム内でも、はっきり明示はしてなかったけれど、そういうことを仄《ほの》めかしていたし。

なのに、怪しいと思った私に自ら近付いてきたし、何をやっているのか確認したわよ。

確認した上で怪しいと判断したにもかかわらず、忠告までしてくれた。『止めた方がいい』って。

……優しくないか、これ？

それとも、私が元喪女だから、男性の前に立つと判断基準が上手く働かず、結果として判断が恐ろしく甘くなっているのかしら？

そう考えながら、見極めるようにラカーシュの後ろ姿を眺めていると、ふと違和感を覚える。

……あれ、何かラカーシュの印象が違うわね。なんだっけ。

う――んと考えていたけれど、そのうちにラカーシュは視界から消えてしまい、授業開始の鐘が鳴った。

3 ラカーシュを避けるべきか？　避けざるべきか？　それが問題だ

新生ルチアーナは生まれ変わって勉強を頑張るはずだったのだけれど、その日の授業は全く集中できず、別のことを考えていた。

……ああ、これじゃあ、今までのルチアーナと変わんないわね。攻略対象者のことを考えていて、授業に集中できないだなんて。

けれど、どうにも気になるし、今はこのもやもやの原因を突き詰めなければいけないように思うのだ。

――ラカーシュ・フリティラリア。

筆頭公爵家の嫡男で、鉄面皮の美形。

思ったよりも優しい性格だったけれど、それ以外はゲームの設定通り……と思いきや、なぜだか彼の後ろ姿に違和感を覚えたのだ。

何だろう。私は何が気になっているのだろう……。

私はずっと、それこそ授業中ずっと考えた。

ゲームの内容に従うならば、私は追放される悪役令嬢だ。

それを回避するためには、全力で、全身全霊で対応しないといけない。

だから、何か気付いたことがあれば、全力でそのことを考えるべきだ。なぜなら、そこに破滅を回避するヒントがあるかもしれないのだから。

そして、やっと、……その日の授業が終わり、下校の時間になって再びラカーシュを目にした時にやっと、私は気付いたのだ。

「あああああ！」

突然上げた大声に、周りの生徒たちは驚いたように振り返ったけれど、私は自分の気付きに夢中で気にする余裕もなかった。

歩き方だ！　ゲームの中のラカーシュは片足をわずかに引きずっていた！

確か、ゲームの設定では領地で魔物に襲われたことになっていたはずだ。

魔物――体の中に魔石を持つ、魔力を持った凶悪で狂暴な生物だ。

多くは森や海に棲《す》み、日常生活で遭遇する確率は低いけれど、遭遇した場合は命の危険にさらされることも多い危険な生物だ。

その魔物に、ラカーシュは公爵領で襲われた。

――私は一生懸命、前世でプレイしていたゲームの内容を思い出そうとする。

主人公が新入生として入学し、ゲームがスタートした時のラカーシュは3年生だった。

その時は既に足を引きずっていたから、ラカーシュと言えば足を引きずっているイメージだったけれど、考えてみれば、魔物に襲われるまでは普通に歩行していたはずだ。

なるほど、2年の秋の段階では、ラカーシュの歩行に問題はなかったのね。

……私は思い込みによる誤ったラカーシュ情報を上書きしながら、謎が解けたわと心の中で両手を打ち合わせた。

けれど、あれ、もしかして私って、ラカーシュ情報に詳しすぎるかしらと、今度は彼について知り過ぎていることが心配になる。

どうしたものかしらと首を傾げたけれど、数秒後にはこればっかりは仕方がないなと思い直し、諦めることにした。

なぜなら、前世の私は退勤後の時間と休日の大半を、『魔術王国のシンデレラ』をプレイすることに費やしていたからだ。もちろん、ラカーシュルートも攻略済みだ。

つまり、どうしようもないこととして、ラカーシュルートをクリアした時に、彼の個人情報はいただきまくっているのだ！

ラカーシュ、私はあなたのストーカーではないけれど、あなたのことはあなたの家族よりも知っている（かもしれない）わよ！　恥ずかしい秘密をばらされたくなければ、私に近付かないでちょうだい！

……とは言っても、疲れていて、寝落ち寸前の状態でプレイしていた時間などもあるし、自信満々に言い募れるほど全てを覚えているわけでもないのだけれど。

私は謎が解けてすっきりした気分で、帰り支度を始めた。

破滅回避のヒントにはならなかったけれど、もやもやが解消されて晴れやかな気分だった。

丁度その時、ラカーシュが私のクラスに入ってくるのが見えた。

先ほど見かけた廊下を歩いていた姿と同様、ゲームの中では決して見ることがなかった優雅な歩き方だ。

何ともなしに見ていると、王太子の前で立ち止まり、2人で話を始める。

……あら、そういえば、私は今日、王太子に挨拶もしていないわね？

3日前のことだけど、王太子との会話中に私は倒れ込んだのだから、一言謝罪だか、お礼だかを言っておくべきじゃあないのかしら？

そう思いながらも、私が登園してきていることに気付いているだろうに、クラスメイトである王太子からも「大丈夫だったか？」の一言も掛けてもらってないことに気付く。

穏やかで礼儀正しい親切設定の王太子からすると、あり得ない行動だ。

……ルチアーナったら、本気で王太子に嫌われているなー。

というか、主人公が現れてもいない段階で既に嫌われているって、悪役令嬢としての仕込みは完璧ねと、妙なところで感心しながら私はバッグを手に取った。

よし、王太子にはどうせ嫌われているんだから、私から話しかけられても嫌なだけだろうし、声を掛けずに帰ろうと決める。近寄らないに越したことはないし。

そうして、教室を出ようとしたところで、ラカーシュの声が聞こえた。

「ああ、今から領地に戻る。予定では、翌週の水《みず》の曜日には学園に戻れると思うが」

ふうん、そうか。明日から週末だものね。それに幾日かプラスして休みを取って、領地に帰るのね。

ラカーシュの言葉を盗み聞きながら、『魔術王国のシンデレラ』の設定を思い返してみる。

あのゲームは日本製で、プレイヤーの大半が日本人だったため、基本設定の多くは日本の習慣に合わせてあった。

つまり、学園が開いているのは1週間のうち5日間で、2日は休みとなっている。

1週間を表現する曜日も、「月《つき》の曜日」「火《ひ》の曜日」「水の曜日」と日本人に分かりやすい親切設定となっていた。

そして、「土《つち》の曜日」と「日《にち》の曜日」は、学園は休みだった。

学園に通っているのは上級貴族ばかりなので、全員が王都に邸宅を構えている。

毎日通うことは難しくても、週末に戻れないほど遠くはないため、多くの生徒は週末ごとに寮を出て自宅へ戻っていた。

けれど、ラカーシュは今週末、王都にある公爵家の館ではなく、領地に戻るようだ。

まぁ、王国一の貴族だから、領地と言っても王都に隣接していて、大した距離じゃあないんだろうけど。

「お前の父親である公爵の誕生会だったな。時間があれば、私も……」

けれど、聞こえてきた王太子の言葉に、私の足はぴたりと止まった。

後ろの生徒が私にぶつかりそうになり、迷惑そうな表情をしたけれど、私が誰だか分かるとそそくさと迂回《うかい》して去って行った。

「公爵閣下の誕生会！　そ、それだ！」

私は呆然《ぼうぜん》としながら、口の中で小さくつぶやいた。

そうだ。ラカーシュは父親の誕生会に出席するために領地に戻り、そこで魔物に襲われたのだ。

足を引きちぎられ、再接合が不可能と思われるほど傷付けられたため、回復魔術の使い手が懸命に治癒したけれど、足を引きずりながら歩くという後遺症が残ってしまった。

私はちらりとラカーシュを見た。

一片の陰りも憂いもない傲慢な上級貴族、それがラカーシュ・フリティラリアだ。

けれど、彼は足を切断されるという事件によって敗北を知るし、足を引きずって歩くことで自分は欠陥品だと思うようになるのだ。

もちろん、ラカーシュの山より高いプライドにより、彼の鬱屈した思いは誰の前でも上手に覆い隠されていたけれど、彼がこの怪我《けが》により深く心を傷つけられ、性格がねじ曲がってしまうのは間違いない。

私は思わずラカーシュの前まで歩いていくと、口を開いた。

「ラ、ラカーシュ様、明日、私と王都の街に買い物に行きませんか？」

「…………は？」

唐突な提案に、ラカーシュが訝し気な顔を向ける。

「悪いが、私は今から領地に戻る予定でね。無理だな」

「で、では、観劇などいかがでしょう？　明日の夜、王都で大人気の観劇のバルコニー席を、侯爵家で確保しておりまして」

「うん、だから、明日の私は領地にいる。それに、侯爵家ごときが入手可能なものを、我がフリティラリア公爵家が入手できないはずがないだろう？」

「そう……です、ね……」

それ以上は言い募ることができず、私はしょんぼりと肩を落とした。

私の視界の端には、何度も誘い掛ける私を無言で見つめるラカーシュとエルネスト王太子が映っていた。

「……ルチアーナ嬢、休みが続いていたので心配したが、元気になったようだな」

王太子が穏やかな表情で口を開いた。

一見すると、数日間休んでいたクラスメイトを心配する、親切で思慮深い王太子の姿だ。

うっすらと微笑む彼の髪に、狙ったようなタイミングで陽がかかり、王太子の艶やかな銀髪がきらきらと輝く。周りの女生徒たちはそれを見て、一斉にほうっとため息をついた。

私はそんな王太子を、どうにも信じられない気持ちで見つめた。

……ルチアーナはどうして、王太子のことを穏やかで優しい人だと憧れていたのかしら？

王太子の口元は笑みの形を刻んでいるけれど、その瞳は全く笑っていなかった。

むしろ、完全に私を馬鹿にしている。

その証拠に先ほどのセリフは、連続で学園を休み、病み上がりにもかかわらず、男性に誘い掛ける私を揶揄《やゆ》したものだった。

それを穏やかな表情の下に隠し、取り方によっては親切に聞こえる言葉に置き換え、誰にも気付かれないような形で馬鹿にしているのだ。

彼が言った「元気になったようだな」というのは、「お盛んだな」という意味だったというのに。

そんな王太子の冷酷で冷徹な本性に気付かず、『エルネスト王太子様、優しくて素敵』なんて言っていたルチアーナは間抜けだ。

とは言っても、学園中の生徒が王太子のことを温厚で親切だと信じているので、王太子が一枚上手なだけかもしれない。

けれど、そんな風に王太子は冷酷だと思いながらも、一方では、『さすが王太子』と感心する気持ちが湧き上がってくる。

なぜなら、ルチアーナは外見だけは完璧だったからだ。

並の男性ならば、ふらふらとルチアーナの色香に騙《だま》されるだろうに、王太子はきちんとルチアーナの内面を見てからダメだと判断し、切り捨てているのだ。

誰にも分からない形で私を馬鹿にするやり方は陰険だけれども、女性を見る目は確かだわ。

古代より、女性に溺れて国を滅ぼした例は幾つもあるというから、そういう意味ではこの国は安泰ね。

私は冷静にそう分析しながら、ほっとため息をついた。

何にせよこの2人の視線を受け止めている状態は、居心地が悪いなと感じながら。

穏やかな表情に隠された馬鹿にしたようなエルネスト王太子の視線と、真正面から馬鹿にしてくるラカーシュの視線。……これはもう、退散するに限るわね。

そう考えた私は、「ご心配をおかけしました」と口の中でもごもごとつぶやくと、踵《きびす》を返した。

けれど、残念なことに、すぐにその場を去ることは叶わなかった。

なぜなら、振り返った私の進路を邪魔する位置に、黒髪のすごい美少女が立っていたからだ。

◇　◇　◇

真後ろに直立していた美少女と、正面から目が合う。

見つめ合った美少女の瞳は真っ黒で、あれ、この瞳は見たことがあるな、と既視感《きしかん》を覚えた。

けれど、その既視感が何かに思い至る前に、美少女はつんと顎を上げると、あからさまに私から顔を背けた。

……あ、あれ、嫌われた？

ぶつかりそうになったから、機嫌を損ねたのかしら？

まずいわ。私の目標は「平和主義になって、無用な敵をつくらない」だったはずよ。再出発の登校初日から敵を作ってどうするのよ。

慌てた私は目の前の美少女に進路を邪魔したことを謝ろうとしたけれど、美少女はその時間を与えてくれず、すたすたと王太子に向かって歩いて行った。

「ごきげんよう、王太子殿下」

「やぁ、セリア。これから領地に戻るんだって？」

心を許しているような穏やかな王太子の表情にも驚いたけれど、その話の内容に私はもっと驚かされた。

……領地に戻る？

この会話の流れでいくと、領地というのはフリティラリア公爵領に思えるのだけれど、でもラカーシュは一人っ子だったよね？

ゲームでのキャラ紹介にはそう書いてあったし、間違いはないはずだ。

不思議に思い、じっと彼らを凝視していると、セリアはこれ見よがしにぼふんとラカーシュに抱き着いた。

抱き着きながらも、勝ち誇ったようにこちらをちらりと見る。

うーん、小生意気な仕草ではあるんだけど、年下の女子にやられると子どもっぽくて可愛らしいわね。

もしかして、この美少女はラカーシュが好きなのかしら？　だから、私を牽制《けんせい》している？

そうだとしたら、美少女に嫌われたかもしれないと心配した件は解決ね。私は決してあなたのラカーシュに近付きませんから、ご安心ください！

ほっと安心した私の前で、美少女は爆弾を落とした。

「私の準備はできていてよ。早く帰りましょう、お兄様」

「……私の妹は、大きな赤ん坊か？　いつになったら、その抱き付き癖が直るのか」

呆《あき》れたような声を出しながらも、ラカーシュの表情には優しさが感じられた。

整った彫像のようなラカーシュが、生身の人間だと初めて信じられた瞬間だった。

けれど、その時の私は、ラカーシュの人間化を喜ぶ心境にはなれなかった。

驚きと疑問の感情が上回っていたからだ。

「……セリア様は、ラカーシュ様の実の妹なの？　それとも、ラカーシュ様の親戚か何かで、『お兄様』と呼んでいるだけなのかしら？」

ルチアーナの頭の中を探ってみても、イケメン一覧と取り巻き一覧しか出てこないため、私の横に立っていた女子生徒に尋ねてみる。

答えを待つ間、私の頭の中は疑問符で一杯だった。

……あれ、この世界は、私がプレイしていた『魔術王国のシンデレラ』が舞台だよね？

設定が一部ゲームとは異なっているってことは、あるのかしら？

息を詰めて答えを待つ私に対し、女子生徒は一瞬訝し気な表情をしたけれど、丁寧に教えてくれる。

「もちろん実の妹さんですよ、ルチアーナ様。とても仲の良いご兄妹で、特にセリア様はお兄様が大好きなのです」

「……妹。ラカーシュ様の妹……」

セリアはラカーシュの妹だった。

ということは、この世界はゲームの設定とは少し異なっているということ？

もしかすると、私が追放されない未来もあるのかしら？

ぶつぶつとつぶやいていると、聞きとがめたラカーシュからじろりと睨《にら》まれた。

私に妹がいることすら知らなかったのか、といった侮蔑の表情だ。

全くごもっともな話だったので、それ以上手厳しい言葉を浴びせられないうちにと、私は慌てて教室を飛び出した。

「そ、それでは皆さま、ごきげんよう！」

◇　◇　◇

翌日からは週末だったので、寮で生活している多くの生徒たちと同様に、その日のうちに王都にある侯爵邸に戻ることにした。

馬車に揺られながら、先ほどの出来事を思い返してみる。

ゲームでは一人っ子設定だったラカーシュに妹がいたなんて！

驚くべき事実だったけれど、受け入れてみると色々なものが腑《ふ》に落ちる。

そうか、先ほど美少女セリアと見つめ合った時、彼女の黒い瞳に既視感を覚えたけれど、あれはラカーシュの瞳と同じだったからだ。

セリアが私を牽制していたのも、お兄様大好きっ娘としての行動だったのね。

王太子がセリアに心を許していた様子だって、従兄妹の関係ならば納得だ。

そんな風に考えながら、私は神妙な表情で窓から外を眺めた。

なぜなら、この世界がゲームの設定と一部異なることが分かったからだ。

ということは、悪役令嬢である私の結末が、ゲームの結末と異なることは大いにある話だ。

私は追放されないのかもしれない。

平和主義に転向して大人しくしていれば、その可能性はもっと上がりそうな気がする。

そして、ラカーシュが今週末、魔物に襲われない可能性だってあるかもしれない。

――ゲームの中では魔物に襲われていたラカーシュ。

片足を引きちぎられはしたけれど、回復魔術により歩行可能なまでに回復していたし、命がなくなるわけではなかった。

それでも気になって、なんとか領地に戻らないよう引き留められないかと、明日のデートに誘ってみたけれど、あっさり断られた。

だから、もうこれ以上できることはないなと思いながらも、悲劇的な未来を知っているのに回避できない自分にもやもやしていたけれど、もしかしたらこの世界はゲームの内容とは異なるかもしれないと気付いたことで希望が湧いた。

……この世界ならば、ラカーシュが魔物に襲われることはないかもしれない。

そう思った私はやっと、少しだけ心が穏やかになった。

ただ、ほっとしながらも、何かを見逃しているようなちりりとした不安感が消えないことを不思議に思っていた。

侯爵邸に戻って夕食を食べ、ほかほかのお風呂に入り、これまたほかほかのベッドに入って目を瞑《つぶ》ったところで……。

「あ――――っ！！！」

私は大声で叫んだ。

「何事ですか!?」

慌てた様に侍女や護衛が飛び込んできたけれど、髪を振り乱した私がベッドに半身を起こして呆然としている様子を見ると、「悪い夢を見られたんですね」と言いながら、安心したように部屋から出て行った。

けれど、私の心の中は安心とは程遠かった。

心臓はばくばくと音を刻み、ぼとぼとと汗が噴き出てくる。

……いた。かもしれない。

私は目を見開いて、一生懸命記憶を辿る。

そんな私の脳裏にちらりと、黒髪黒瞳の女の子の姿が浮かんだ。

……ラカーシュに妹がいた、かもしれない……。

私は両手で左右のこめかみをぎゅっと押さえると、ずきずきと痛みだした頭に構うことなく、唇をぐっと噛《か》みしめた。

ゲームの中のラカーシュは、１度も妹の話をしたことがなかった。そして、他の誰だって、ラカーシュに妹がいるなんて話をしたことはなかった。

けれど、「ラカーシュは一人っ子だものね」と誰かが話しかけた時、彼は鉄面皮と言われる表情を歪《ゆが》め、不自然な間を取った後に「そうだな」と答えていた。

……もしかしたら、隠しストーリーがあったのかもしれない。

この世界の舞台となった『魔術王国のシンデレラ』は、基本無料のネットゲームだったけれど、お金を払うことで素敵なドレスやアイテムが買えたり、隠しストーリーを楽しめたりしていた。

前世の私はほとんど課金をしなかったので、ラカーシュの隠しストーリーはクリアしていないのだけれど、その中でラカーシュの過去の話として、妹が登場していたのかもしれない。

思い出したけれど、ラカーシュルートで彼の私室に入った時、窓際の1番いい場所にラカーシュと黒髪黒瞳の少女との2ショット写真が飾られていて、不思議に思ったものだった。

親戚の女の子なのだろうけど、いや、こんなところに飾るかな？　と、違和感を覚えたのだ。

結局、あの女の子が誰なのか、本編で語られることはなかったので、いつの間にか忘れ去っていたのだけれど、写真の女の子がラカーシュの妹で、隠しストーリーを仄めかしていたのならば納得だ。

だとしたら、この世界はやはりゲーム通りで、……ゲームがスタートする半年後には、ラカーシュは一人っ子になっているということだ。

そこまで考えた途端、私はぞくりと背筋が凍るような感覚を味わい、思わず両腕で自分を抱きしめた。

ここは、現実の世界だ。

ゲームの世界と非常に酷似しているけれど、あくまで現実世界だ。

だから、やり直しはきかないし、怖いと思う感情も、痛いと思う感覚も、実際に体験するものだ。

……ラカーシュが傷を負うというのは、まだ看過できる出来事かと思っていたけれど、1人の少女が亡くなるという出来事は、果たして見逃せるものなのだろうか？

何も知らない、記号として存在する少女ではない。

セリアという名前がついていて、王太子やラカーシュから愛されている兄が大好きな少女だ。声も聞いた。

そんな少女に起こる悲劇を知っていながら見逃したとしたら、明日の私は同じように笑えるのだろうか？

……でも、魔力が弱い私に、魔物に襲われるであろう2人に対して、一体何ができるのだろう？

でも、だからといって、いや……ぐるぐると思考は空回りする。

考えて、考えて、考えて。

――結局、その夜は一睡もできないままに、翌朝を迎えた。

◇　◇　◇

そして、翌日のまだ朝も早い時間、私は兄の部屋を訪れた。

がんがんと容赦なく扉を叩《たた》くと、鍵がかかっていない扉を開ける。

これだけ大きな音を立てた上、寝室の扉を開けられたというのに、残念な兄はまだ夢の中だった。

だらしなく顔をにやけさせ、両腕で握りしめた枕に顔を擦り付けている。

ベッドの上で丸まっていた兄の従魔の方が、先に目を覚ましたくらいだ。

といっても、その猫型の魔物は片目を開けただけで、私が誰かを認識すると再び目を閉じてしまったが。

兄の従魔に邪魔されないことが分かると、私はずかずかと兄に近寄り、その腕からふかふかの枕を取り上げて、にやけ切っている兄の頬にぎゅうううと押し付けた。

「あああ、リサたん！　リサたんの…………は、本当に柔らかいねぇ……」

これだけのことをされているのに、にやにやとした顔でまだ幸せな夢を見続けている兄はさすがだと思う。

私は枕を投げ捨てると、兄をゆさゆさと揺さぶって声を掛けた。

「お兄様、目を覚ましてください！　一番鶏はとっくの昔に鳴き終わりましたよ！　『早起きサフィア』の名が泣きます」

「…………いや、それは、明け方まで夜遊びをしている私を揶揄したあだ名であって、実際に早く起きられるという話ではなくてだね？　……と、あ、あれ、私のリサたんは……」

兄はぼんやりとしながらもやっと目を開けると、きょろきょろと周りを見回した。

そして、自分が寝室のベッドの中にいることを認識すると、気だるげな感じで私を見上げた。

「……おやおや、誰かと思えば、外見だけは素晴らしい性悪な私の妹ではないか。おはよう、ルチ

アーナ。こんな朝っぱらから、何事かね？」

兄であり、我が侯爵家の嫡男でもあるサフィア・ダイアンサス（19）はベッドに横になったまま、長めの髪をかき上げた。

さらさらと手の中から零《こぼ》れ落ちる青紫の髪の間から白銀の瞳が輝き、端整な顔と相まって何とも美しい青年を形作っている。

けれど、その美青年が身に着けているのは、きらっきらのド派手な黄金色の夜着だった。

しかも、何を狙っているのかは不明だが、上半身は半分以上透けている。そして、頭には共布で作られた帽子をかぶっていた。

兄を一言で表現するならば、個性的な道化師というのが的確だろう。

本人は良かれと思って身に付けている衣服が、かえって本人を残念にしているという典型的な例だった。

……もったいない。神様はどうしてこんな残念な人間に、これほど素晴らしい外見を与えられたのかしら。

世の不条理を嘆きながら、私は丁寧に挨拶を返す。

「おはようございます、お美しい外見をお持ちの、見掛け倒しのお兄様」

私の挨拶を聞くと、兄はおかしそうに口の端を上げた。

「う――ん、意趣返しのつもりかもしれないが、全然違うぞ。私は努力をしないがために、1級品になり損ねている2級品だが、お前は努力をしない上に才能も備わっていない、完全なる投げ売り品だ」

「ええ、その通りですわ、お兄様。ですから、投げ売り品から2級品にお願いがあってまいりましたの。今日はフリティラリア公爵領で公爵閣下の誕生祝いが行われるらしいのです。そこに参加したいので、手を貸してください」

私の話を聞くと、兄はうう――んと伸びをしながら半身を起こした。

「おや、お前はエルネスト殿下を狙っているとばかり思っていたのだが、フリティラリア公爵家に乗り換えたのか？　どちらにしても、相手が悪い。お前じゃ、１００年経っても落とせやしないから、別の相手に乗り換えなさい」

「分かりました！　心して、地味で、善良で、心根の良い子爵家あたりの次男を狙いますので、ご安心ください」

「や、それじゃあ、父上も母上も納得しないだろう。お前は腐っているが、侯爵令嬢だしな……というか、どうしたルチアーナ？　生まれて初めてお前と話が通じるじゃあないか。何か悪い物でも食べたのか？」

兄は面白いものを見つけた様な表情で私を見ると、興味深げに尋ねてきた。

いえいえ、それは私も同じですよ、お兄様。兄と会話をしながら、私は心の中でそう返す。

兄のサフィアは同じ学園に通う3年生だが、ルチアーナはほとんど近寄ることがなかった。

なぜなら、兄は悪くないスペックを持ちながら、努力嫌いで享楽的であることから、ろくでもない人物だったからだ。

近寄ると必ず相手側が損をする、それがサフィア・ダイアンサスという男だった。ゲームの設定でも、ルチアーナの記憶でも。

けれど、話をしてみると、頭の回転は悪くないように思われるし、そう性根が腐っているようにも見えない。

まだ第一印象だけなので、正確なところは分からないけれど。

「……それで？　フリティラリア公爵家といえば、筆頭公爵家じゃないか。そんな貴族社会の頂点が開催するイベントに、なぜ侯爵家の子息ごときに参加権があると思うのだ？」

「それはもちろん、お兄様は学園内でも5本の指に入る麗しいお顔と、砂糖交じりの甘い言葉を吐き続けることができる恋愛特化型の脳みそをお持ちだからですわ。ねぇ……フリティラリア公爵家への入場カードについて、お心当たりがおありでしょう？」

私はひたりと兄を見つめると、逃さないとばかりに距離を詰めた。

兄は考えるそぶりをしたけれど、間近に迫った私を見ると驚いたような声を上げた。

「やあ、ルチアーナ、お前、昨夜は寝てないのか？　至近距離で見ると、肌荒れも、目の下の隈《くま》もどちらも酷いな。おやおや、目も血走っているじゃあないか。やつれ切ったお前は顔が整っている分、怖いな。ははは、お前は見た目しか取り柄がないんだから、そんな顔で乗り込んでもフリティラリア公爵家のラカーシュ殿は落ちないぞ」

兄の心底面白そうな声を無視すると、埒《らち》が明かないと思った私は秘密の一部——この世界の今後の展開を知っている、という情報を漏らすことに決める。

静かに生きていきたいので、できれば私の特典情報は秘密にしておきたいのだけど、このままでは現状を面白がるばかりで、真面目に取り合う気がない兄は動いてくれないだろうと思ったからだ。

それに、ほんの少し考えれば分かることだが、兄は社会的に重要ではないし、社会的地位を求める向上心もない。秘密をばらしても大したことにはならないだろう。

ああ、兄が見た目はいいのに、残念な仕上がりになっていてよかった！

おかげで、攻略対象者に含まれていないため、ゲームの主人公が近付いてくる心配は皆無だわ！

そう思ったものの、念には念を入れて、預言能力があるよう装ってみる。

「結構ですよ、私の目的はラカーシュ様を攻略することではありませんからね。……お兄様、僭越《せんえつ》ながら私、先見《さきみ》の力に目覚めましたの。それで……」

「いや——あ、ルチアーナ、さすがにその設定は無理があるだろう？　先見の力ってのは、物凄いレアものだ。魔力には系統や特質があって、それらは全て血で受け継がれる。我が一族には先見の力は一切ないぞ。先見といえば……それこそ、フリティラリア公爵家に引き継がれている稀有《けう》な魔力だろう」

嫌な感じで兄が私の言葉を遮ってくる。

くっ、ホント、ポイント、ポイントで知識があるのは厄介だわね。

上手い反論が思いつかなかったため、兄の話はなかったことにして話を進める。

「私の先見の魔力によりますと……お兄様は、マージ伯爵家のベルタ様に振られますわ」

「凄いな、ルチアーナ！　ベルタ嬢には、まさに昨夜お友達宣言をされたところだ。本当に凄い……お前のゴシップ把握能力は！」

私の言葉を聞いた兄は驚いたような声を上げた。そして、私のゴシップ把握能力を絶賛してきた。

な、なるほど、そうきたか。

確かにルチアーナは悪役令嬢として多くの生徒を従え、学園内カーストでは頂点にいる。

だから、生徒たちを手下のように動かして、学園内の噂話《うわさばなし》を収集したと兄が思い込むのはもっともではある……少なくとも、全く血の継承がない先見の魔力に目覚めたという話よりは、信じやすいだろう。

ダメだわ、兄を信じさせるには1人の情報では足りないわね、と感じ取った私は、必死で脳みそをフル回転させ、ゲーム内の設定を思い出そうとした。

……他に、サフィアお兄様が懸想していた女性は誰がいたかしら？

ああ、兄はゲーム内で脇役も脇役だったから、ちょろりとセリフの中に出てくるくらいの登場だったのよね。

『ルチアーナ、お前も兄のように次々と男性を取り換えていくのだろう？　サフィア殿と噂になった女性は、去年だけでも何人いたか。ベルタ嬢に、ヴィルヘルミーネ嬢、カトリン嬢……名前は尽きぬな』

――主人公に寄り添った攻略対象者の1人から投げつけられた、酷い言葉を思い出す。

　あっ、出てきた！　ご令嬢の名前が出てきたわ！

　でも、これは誰のセリフだったのかしら？　いくら相手が悪役令嬢だからって、好き勝手言い過ぎよね。名誉毀損で訴えたら、勝てるんじゃないかしら？

　そう思いながらも、出てきた名前を忘れないうちにと、兄に告げる。

「では、……パルツァー子爵家のヴィルヘルミーネ様、あるいは、ギーレン伯爵家のカトリン様は？」

「……お前、本当に凄いな。ヴィルヘルミーネ嬢はまだ口説いている初期も初期の段階だぞ。恋とは密やかに、が私のモットーだから、誰にも知られぬように進行させていたはずなのに」

　兄は心底驚いたように、私を見つめてきた。

「カトリン嬢に至っては、ほんの昨日、可愛らしいなと思ったばかりだ。……確かに、ゴシップ収集能力もそこまで極まれれば、先見と称しても騙されるやからが現れるかもしれないな。うむ、あっぱれだ、ルチアーナ」

　晴れ晴れとした表情で、兄は私を褒め始めた。

けれど、私は16歳で、兄に褒められて嬉《うれ》しいという歳《とし》でもないし、今はそれどころではないはずだ。

「ええと、ですからゴシップでは……」

「よし、分かった！　王城の諜報部隊《ちょうほうぶたい》も真っ青になるほどのゴシップ情報を惜しまずに出してきたのだから、お前も本気だな。私もカードを切ろう。フリティラリア公爵の誕生会は内輪だけで行われるから、どんな高位貴族だろうが普通は参加不可なのだが……クラスメイトであるビオラ辺境伯家のユーリア嬢が、フリティラリア公爵の名付け子だ。彼女に頼んでみよう」

　そう言うと、サフィアお兄様は机の引き出しから洒落《しゃれ》たカードを取り出して、さらさらと何かを書きつけた。

　それから、カードとともに、机上に飾ってあった花を一輪封筒に入れて封蠟《ふうろう》をすると、ひらひらと封筒を持った手を振った。

「ほら、これをすぐにビオラ辺境伯家に届けるように言ってこい。上手くすれば、午後にはフリティラリア公爵家へ出発できるぞ。お前のその顔は、整っているのに不細工という不思議な現象が起こっているから、返事を待つ間、少し眠ってこい」

　その言葉とともに、私は1通の封筒を持たされて、兄の部屋から追い出されたのだった。

4 フリティラリア公爵の誕生祭 1

「ユーリア様、ご無理を言って申し訳ありませんでした」

揺れる馬車の中、私は申し訳ない気持ちで頭を下げた。

馬車の座席には、兄と私が並んで座り、対面する位置にユーリア様と彼女の侍女が座っている。

私の言葉を聞いたユーリア様はひらひらと手に持っていた扇を振ると、何でもないことのように微笑んだ。

「問題なくってよ、ルチアーナ様。このような可愛らしい方の恋の手助けができるなんて、楽しいことだわ」

ユーリア様の思いがけない言葉に、「まあ」と思わず言葉が零れ落ち、私はそのまま絶句した。

悪役令嬢である私を、可愛らしいですって？

王太子にされたように、婉曲《えんきょく》な嫌味かなとも思ったけれど、ユーリア様の視線や口調は優しくて、私を蔑む感じは見受けられない。

まあ、もしかして、本当に私を馬鹿にすることなく受け入れてくれるのかしら？

自然と期待する気持ちが湧いてきて、ユーリア様をまじまじと見つめる。

ユーリア様はチョコレート色の髪と瞳をした、とても精悍《せいかん》な女性だった。

隣国と隣り合う北方領土を守るビオラ辺境伯の娘として、2人の兄とともに父である辺境伯に直接剣の指導を受けており、将来は王宮の女性騎士を目指しているらしい。

そのためか、流れるような淑女としての動作の中にも、きりりとした凜々しさが交じっている。

ユーリア様はその切れ長の目で、私を興味深げに見つめていた。

うわー、ユーリア様ってばカッコいい。ただ馬車の座席に着いているだけなのに、カッコいい。

これぞ正に「ハンサム美女」だわ。隣にだらしのない我が兄がいることが引き立て役となって、さらにユーリア様を素敵に魅せているわね。

「まて、妹よ。お前は今回、誰のおかげでフリティラリア公爵家を訪問できると思っているのだ。今、路傍の石……いや、ゴミくずを見るような目で私を見たぞ。もっとこの偉大なる兄に感謝し、褒め称えるべきじゃあないのか?」

どこにも売ってないようなきらきらした服を着た兄が、不服そうな表情で苦情を申し立ててくる。

私は大袈裟《おおげさ》に頭を下げると、兄の望み通り褒め称える言葉を口にした。

「ははあ、お兄様。さすがです。その無駄にきらきらした顔立ちも、女性の知り合いしかいない交友関係も、私にはないものです」

「……ルチアーナ、それで本気で私を褒めているつもりならば、お前の追従能力には大いに問題があるぞ」

「ほほほ、そんなわけないじゃないですか。婉曲すぎて分からなかったかもしれませんが、今のは、はっきりとお兄様を馬鹿にしました」

　兄と気の置けない会話をしていると、正面に座っているユーリア様からおかしそうに笑われた。

「仲がいいのね、ダイアンサス侯爵家の兄妹は。兄のサフィア様は軽薄な感じで、妹のルチアーナ様は取り澄ましたイメージだったけれど、お会いしてみると異なるのね。お2人の普段の様子を見られただけでも、今回のお話を受けて良かったわ」

　ユーリア様の言葉に、私はきゅきゅーんと胸をときめかせる。

「ユーリア様、そのお気遣いに満ちた言葉選びはさすがですわ！　兄は軽薄と言うよりも浅はかで、モテもしないのに三兎も四兎も追って、全てを取り逃がすタイプですわ。私だって取り澄ますだなんて大人しい言い回しではなく、傲慢で我儘《わがまま》な悪辣令嬢だってはっきり言っていただいてもいいのに、このお優しさ！」

「まぁ、ふふふふふ、ルチアーナ様ったら本当に面白くて可愛らしい方なのね。このような方に訪問されて、フリティラリア公爵もお喜びになられるわ」

「とんでもないことです！　ご訪問の機会をいただきまして、ユーリア様には感謝の言葉もありませんわ」

　ユーリア様の優しい言葉に、勢い込んでお礼の言葉を返す。

それは、私の心からの言葉だった。

実際、ユーリア様のコネクションがなければ、フリティラリア公爵の誕生会になど出席できるはずもなかったのだから。

フリティラリア公爵とビオラ辺境伯は仲が良く、辺境伯の子どもたちは皆、公爵が名付け親なのだという。

そのため、本日の誕生会も、辺境伯と2人のお兄様、ユーリア様の4人で参加予定だったのだけれど、領地にトラブルが発生したため、ユーリア様以外の3人は急遽《きゆうきょ》参加できなくなったとのことだ。

辺境伯からはユーリア様1人だけでも参加してほしいという要望があったようだけれど、女性1人で参加する気にはなれず、欠席のお返事を公爵家に送ろうとしていた正にその時、兄からのメッセージが届いたらしい。

つまり、どこからかビオラ辺境伯領でのトラブルを摑《つか》んでいた兄の、公爵家誕生会へご一緒させてほしいというメッセージが。

その話を聞いた時、私は冷ややかな視線で兄を見たものだった。

なにが、『お前のゴシップ把握能力は本当に凄い』よ！　お兄様の諜報部員の方が、何倍もいい仕事をしているじゃない！

けれど、きちんとした仕事をしていても、表面ではふざけた様な態度を取るのが兄のスタイルだということが段々と分かってきたので、私はため息とともに言葉を飲み込んだのだった。

◇　◇　◇

フリティラリア公爵領は筆頭公爵家だけあって、王都の隣に位置していた。

道路は綺麗に舗装され、一面に豊かな畑が広がっており、公爵領の豊かさが一目で見て取れる。

私はぼんやりと窓から外を眺めるふりをしながら、どきどきと緊張している体を意識していた。

『フリティラリア公爵家のセリア嬢が亡くなると分かっていて、知らない振りができるのか？』

それは昨夜、一睡もせずに考えていた問題だ。

私は特に正義感が強いわけではないし、勇気がある方でもない。

物凄い魔術が使えるわけではないし、セリア嬢を襲うであろう強力な魔物を撃退する力もない。

けれど……。

自分よりも幼い少女を見殺しにするほど、卑怯《ひきょう》な人間にはなりたくなかった。

だから、私は私にできることをやろうと決めた。

昨日はラカーシュにデートを断られた時点で、私にできることはもうないと諦めたけれど、本当は他にもできることがあるはずだ。

私はぐっと握りこぶしを作ると、力を込めた両手を見つめた。

すると、兄がそんな私をちらりと横目に見ながら、話しかけてきた。

「……ルチアーナ、そんなに気合を入れるなんて、いやはや、お前は本気だな。だが、ラカーシュ・フリティラリアは難攻不落の要塞だぞ。なんせ『歩く彫像』だ。血も涙も通っていないから、動く心がない」

どうやら兄は馬車の中でじっとしていることに飽きてきたようで、私をからかおうと思ったらしい。

兄は腕を組んで考える振りをすると、言葉を続けた。

「だから、ラカーシュ殿が相手を選ぶ場合、感情ではなく計算で女性を選ぶのだろうが……」

そこで一旦言葉を切ると、兄は値踏みするように私を見つめてくる。

「冷静に打算の目でお前を見た場合……家柄は侯爵家だ、悪くない。見た目も……お前は外見だけは完成されているからな、満点だ。が、それ以外が誠に酷い。頭が悪い、魔力が低い、努力が嫌い、他人を見下す、従魔すら持っていない。言っておくが、王国広しと言えど、高位貴族で従魔を持っていないのなんてお前くらいだからな」

兄の言葉を聞いたユーリア様は驚いたように私を見つめた。

「あら、ルチアーナ様は従魔を持っていないの？　とても従順で可愛らしいわよ？」

「ええと、その、……世話をするのが億劫《おっくう》でして」

何ともお粗末な回答だが、ルチアーナが従魔を持っていない理由が実際に『従魔の世話をするのが嫌』なのだから、仕方がない。

従魔というのは、魔物を飼いならしてペットのようにしたもの、と言えば分かりやすいだろうか。

魔物を魔物たらしめているのは、体内にある魔石だ。

生物でいうところの心臓の役割を果たしており、その色はどす黒い。

そして、その黒い色は魔素によって色付くということが解明されていた。

魔素とは森や海に色濃く漂う瘴気《しょうき》だ。だからこそ、魔物は魔素が濃い森や海をねぐらとするし、滅多なことではその場所を離れない。

なぜなら、魔素を多く吸い込み、色濃い魔石をもつほど強くなれるからだ。

その魔物を幼い時に魔素がたゆたう場所から引き離し、凶暴さと凶悪さをできるだけ抑えた状態で契約で縛ったものが従魔だ。

自然の魔物よりは力が劣るものの、中には魔術を使える魔物もいて、契約主を守ってくれる。

魔物を従魔にするのは非常に手間暇がかかり、膨大な費用もかかるので、貴族の間では従魔を持つことが一種のステータスとなっていた。

「……まぁ、お前もやっと、王太子殿下一本槍《いっぽんやり》だったのをやめて、他の男性に目を向け始めたのはいいことだ。ただ、その相手が難攻不落のラカーシュ殿というのは、実質的には無意味ということだが。だが、ルチアーナ、お前にあるのはその顔以外、侯爵家という家柄だけなのだから、お前自身の格式を上げるためにもそろそろ従魔を飼う時期だ」

「……考えておきます」

冗談ではない。私は目立たず、騒がず、攻略対象者の目につかないようにひっそりと生活していく予定なのだ。

16年間も従魔を従えていなかったのに、今更飼ったりしたら話題になるじゃあないか。絶対に嫌だ。

「……ルチアーナ、お前はもう少し表情に気を付けろ。心の中の思いが全て顔に出ている。そんな顔で『はい』と返事をされても誰も信じないぞ」

兄から嫌味ったらしい表情でお小言を言われた私は、わざとらしい笑顔を作ると従順な返事をした。

「はい、分かりましたわ、お兄様」

「そういうところだぞ、ルチアーナ！」

けれどもちろん、笑顔とは裏腹の不満たらたらの気持ちをサフィアお兄様には読み取られたようで、間髪入れずにお叱りの言葉が降ってきた。

そんな私たちを見ていたユーリア様はくすくすと笑い続けられ、……そして、馬車が止まった。

どうやら、フリティラリア公爵領の領主館に到着したようだった。

◇　◇　◇

……この公爵家の領主館を、……城を、何て表現すればいいのだろう。

私は静かに馬車に揺られながら、馬車の窓枠にぶら下がるようにして、あんぐりと口を開けたまま流れ去る景色を見ていた。

先ほど馬車が止まったのは、てっきり領主館の館前に到着して、降車するためだとばかり思っていたのだけれど、実際は門番が私たちの身元を確認するために一時停車しただけで、敷地内に進入してもいなかった。

城の門番と御者がやり取りをしている間、私は馬車の窓から辺りの景色を見回した。

目に入ったのは、豊かな水をたたえた濠《ほり》に周囲を取り囲まれた、堂々たる城門を持つ高い城壁だった。

城壁……それは、正に石造りの堅牢な、どこからどう見ても城壁と呼べる代物だった。お気楽な領主館というイメージではない。

あんぐりと口を開けたまま跳ね橋を渡り、3階建てくらいの高さがある正門を抜けると、現れたのは整備された森だった。

……城壁の内側に森があるというのは、どうなんだろう？

うーんと、王都ではないからね、土地を惜しむという感覚は薄れるのかもしれないけれど、これはやり過ぎじゃないかしら？

そう考えながら森を抜けると、綺麗に整えられた庭園が現れる。

……前世の私は、お金持ちの象徴は噴水だと考えていた。

宝くじが当たったら、ぜひ庭に噴水を建てて、贅沢《ぜいたく》だけど金魚なんぞを泳がせようと夢想していた。

夢物語であったとしても、庶民の私が考える最大級の贅沢として想像した噴水は、直径3メートルくらいの大きさだったというのに。

けれど、目の前に広がる噴水の大きさは、20メートルなのか、30メートルなのか、……桁が違った。しかも、正門から数えて四つめの噴水だ。

ほほほほー、本物のお金持ちがどんなだかなんて、庶民が想像すること自体に無理があったのね。

よく見ると、大型のプールのような噴水には黒鳥が何羽も泳いでいる。

おほほほほー、噴水に泳がせるのは、金魚ではなくて黒鳥だったのね！

すごーい、どこの王様のおうちかしら？　はいー、我が王国が誇る筆頭公爵様でしたわー。

「……どうした、ルチアーナ？　お前の顔色がどんどんと悪くなってきているのだが？」

兄から不思議そうに尋ねられたので、確かに顔色が悪いだろうなと思いながらくるりと振り向く。

「お兄様、公爵様の城があまりに豪奢《ごうしゃ》すぎて、気分が悪くなってきました。それはもう、今すぐ帰りたいくらいの気分の悪さですが、それでも踏みとどまろうとする私の役目の重要さを理解してください。ああ、気持ち悪い……一つの家にこれほどのお金が集中するなんて、逆らうとどうなるかを考えると恐ろし過ぎて、気分が悪くなります」

「お、おい、ルチアーナ？」

馬車内の椅子にずるりと行儀悪くもたれかかった私を見て、兄が心配そうな声を掛けてきた。

よかった、お兄様にも病人を心配する心があるのね。心底腐りきっているわけではないようだわ、と思いながらも本当に気分が悪くなってきたので返事をせずに目を瞑る。

……ああ、私はフリティラリア公爵家の凄さを全く理解していなかった。

これだけの広大な領地を所有し、美しく維持するお金と権力を持っているのだ。

もし、この一族が本気で私たち一家を放逐しようとしたら、それは赤子の手をひねるようなものだろう。

同じ貴族だというのに、これほどまで差異があるとは思わなかった。

そして、王太子が属するハイランダー王家。

あの一族の権力ときたら、この公爵家以上なのは間違いない。

破滅だ。間違いなく、こんな権力者に睨まれたら破滅するわ。

……よし。絶対、絶対、絶対、決めた！

私は2度と、絶対、攻略対象者には関わらない。今回が最後だわ。

そうして、城の門を通ってから信じられないほど長い時間馬車に揺られた後、私たちはやっと公爵家の城——ええ、館ではなく城だった——の前に着いた。

公爵家の敷地内のあれこれを目にしたことで豪華さに耐性が付き、これ以上は驚かないと思っていた私だったけど、それは全く甘い見通しだった。

公爵家の城は……黒百合《フリティラリア》公爵家の紋章から「黒百合城」とも呼ばれる城は、……威風堂々とした、荘厳にして美しい要塞だった。

貴重な黒石を切り出して作られた黒壁に、黒紫色の三角の屋根が幾つも連なっている姿は、目を一杯に見開いても視界に収めきれないほどの大きさで、恐ろしいまでの圧迫感があった。

目を凝らして見ると、何羽もの精巧な黒鳥の像が、屋根から地上を睥睨《へいげい》している。

私は言葉もなく、目を見開いたまま硬直した。

む……、むりむりむりむり！

きっと、この城は客用寝室だけでも50部屋以上はあるだろう。

見張り櫓《やぐら》が幾つもあるし、およそ鑑賞用の城じゃあない。

こんな城を建てるなんて、大金持ちで、現実的で、慎重で、地に足が着いた一族だわ。

改めて誓いましょう。私は絶対にこんな一族には近付きません！

けれど、恐る恐る城の玄関に足を踏み入れた私を待っていたのは、刺すような視線をしたフリティラリア公爵家の嫡子だった。

黒紫のシャツに黒の上衣を合わせ、姿勢よく立つ黒髪黒瞳の公子は、フリティラリア公爵家の紋章である一輪の黒百合のようだった。

――美しく、神秘的で、何者をも近寄ることを許さない孤高の花。

その黒百合のような貴人が、かつんかつんと靴音を響かせながら階段を下りてくる――ひたりと視線を私に合わせたまま。

「おや……ダイアンサス侯爵令嬢ではないか。こんなところまで、何をしに来た？」

片手を腰に当てたラカーシュその人が、作りものの笑みすらない表情で、私を見つめていた。

◇　◇　◇

私にはラカーシュの考えていることが手に取るように分かった。

『あれだけ拒絶したにもかかわらず、恥知らずにも私を追いかけて、公爵邸まで押しかけてきたとは』

――間違いなく、そう考えている。

そして、残念なことに、ラカーシュの考えはあながち外れてはいなかった。というか、正解だった。

ただし、動機はラカーシュが思い込んでいるような、恋心でも打算でもないのだけれど。

私は与えられた役割に沿って、高慢そうな表情を作ると――ずっと、16年間悪役令嬢として暮らしてきたのだ。今さらそれ以外のキャラを見せて違和感を抱かれてはたまらない――ラカーシュの質問に答えた。

「もちろん、公爵様のお誕生日をお祝いしたくてお伺いしましたのよ。ユーリア様がお一人で参加するのは心細いということで、クラスメイトの兄が同行することになったのですが、多い方が賑《にぎ》やかでよいだろうと、私にまでお声掛けしていただきましたの」

「ほう」

肯定とも否定とも取れる返事をしたラカーシュだったが、その表情は最初から私の言うことを疑っているように見えた。

……まあ、そうだろうなと思う。

一昨日までの私は、ただひたすら王太子を追いかけまわしていたのだ。

それが昨日から突然、攻略対象者一覧という意味不明なリストを作成してみたり、デートに誘ってみたりと、ラカーシュに執着し始めた。

ラカーシュからすると私の考えが読めず、身構えていることだろう。

ただし、意見が合うことに、私だってラカーシュに近付きたくないという思いは同じなのだ。

だから……さっさとやるべきことを終えてしまおう。

そう考えた私は、一旦ラカーシュと別れ、公爵邸の侍女に部屋まで案内されているところだったけれど、「あら、玄関に扇を忘れましたわ」とつぶやくと玄関に取って返すことにした。

兄とユーリア様には私の行動の理由はお見通しだったようで、兄からは「相手は彫像だ。無駄だぞ」と、ユーリア様からは「可愛らしいわね」との言葉をちょうだいした。

　そして、変わらず玄関先に立っていたラカーシュからは、無言で睨まれた。

『何をしに戻って来た』という迷惑そうな声が、聞こえてくるようだ。

　私はラカーシュが隠そうともしていない嫌悪感を無視すると――こういう悪意に対しても平気で向かっていける心臓の強さは、間違いなく悪役令嬢としてのメンタル力のおかげだ――ラカーシュに近寄り、声を潜めた。

「ラカーシュ様、お話がありますの」

　不思議なことだけど、相手に声を潜められると重要な話なのかと思い、つい内容を確認しようとする習性が人間にはあるようだ。

　その習慣にならうかのように、ラカーシュは無言のままわずかに背をかがめると、私の言葉を聞きとろうとする。

「実は……情報元は言えませんが、フリティラリア公爵家に敵対する者がセリア様を狙っているという情報を入手しましたの。今回の公爵閣下の誕生祝いの期間に、魔物を使ってセリア様を襲わせるとのことですわ」

　それは、私が知っている全ての情報だった。

　けれど、私の言葉を聞いたラカーシュは、ギラリとした目で私を睨みつけてきた。

「……ダイアンサス侯爵令嬢、そのような話は冗談でする類のものではない。何が狙いだ？」

「もちろん、私と学び舎を同じくするご学友の安全ですわ。……お気をつけあそばせ」

私は冗談で言っているのではないことを強調するため、真剣な表情でラカーシュに告げた。

ラカーシュからしたら、私の言葉に信憑性《しんぴょうせい》があるとは考えないだろう。

大名門のフリティラリア公爵家が摑めない情報を侯爵家ごときの――しかも、侯爵家を通しての話でもないので、私個人としての情報として与えられたもの――に、価値は感じないだろう。

でも、それでも。

話の内容が具体的である分、妹思いなラカーシュは気を付けるだろう。

これが、私にできるぎりぎりのところだ。

そう考えながら、できるだけ悪辣そうな表情でラカーシュに微笑みかけると――もちろん、この微笑みはラカーシュに違和感を抱かせないための悪役令嬢としての行動だ。私は芸が細かいのだ――踵を返し、先ほど案内されていた部屋へ向かって歩いて行った。

けれど、しばらく廊下を歩いたところで、いや待てよと思う。

――ぎりぎりのところというか、やりすぎてないかしら？

実際に事件が起こってしまった後になって、「なぜ知っていた？」とラカーシュから訊問《じんもん》される可能性があるわよね？

最悪の想定として、魔物をけしかけた一派だと思われる可能性もあるんじゃないかしら？

ああああ、しまった！

そう思い、頭を抱え込みたい気分になったけれど、いやいや、このくらい具体的に話さないとラカーシュは取り合わないだろうから、仕方がないことなのだと思い直す。

1人の少女の命が懸かっているのだ。

絶対的に安全な高みから見物して、回避できる話ではないはずだ。

私だってぎりぎりのところを見極めて、身を切らないといけない。

そう考えながら、私は与えられた部屋に入った。

部屋にはユーリア様がいて、兄は続きになる隣の部屋にいると教えてくれた。

私はユーリア様にお礼を言うと、ぼんやりと部屋の隅に置かれている椅子に座った。

そして、公爵邸でのスケジュールを反芻《はんすう》する。

――公爵邸には、1泊する予定だ。

本日の夜に開催される公爵の誕生会と、明日の午後に行われる狩りに参加する予定となっている。

ラカーシュたち兄妹はさらに数日間滞在するようだけれど、私たちは学園を休むわけにもいかないので、日の曜日である明日の夕方に公爵邸を辞すことになっていた。

椅子に座り、取り留めのない思いを巡らせながらぼんやりとし続けた私は、結局、その日の夜に開催された公爵の誕生会を欠席した。

「は？　欠席!?　お前はわざわざ公爵邸まで何をしに来たのだ!!」

兄からは理解できないという表情をされ、ユーリア様からは同情のこもった眼差しで見つめられた。

「サフィア様、そっとしておいてあげましょう。……先ほどからルチアーナ様は一言も話されませんし、元気がありませんの。玄関先で何かあったのかもしれませんわ」

「いやいや、ルチアーナの最大の長所は、振られても、断られても、踏みつけられてもこたえない鋼の心臓を持っているところだぞ！　ラカーシュ殿の拒絶の一つや二つや三つや四つや五つ……」

言い募る兄を、ユーリア様はずるずると引っ張っていってくれた。

私は1人残された明かりの消えた部屋で、真っ暗な外を窓越しに眺めていた。

心がざわざわとして、落ち着かない。

……ラカーシュは優秀だと思う。

優秀だし、魔力が高いし、妹思いだ。……だから、セリアを守ってくれるはずだ。

ああ、私の魔力がもっと高ければよかったのにと、初めて思う。

父も母も――母の生家も侯爵家だ――兄も弟も侯爵家の血を正しく引いていて、魔力が強い。

私も同じくらい、強力な魔術が使えればよかったのに。

そうしたら、もう少し役に立てたかもしれない。

勇気と無謀は違う。

ラカーシュの魔力は私の何倍も強いから、私が助けに入ったとしても、足手まといになるだけだ。

だから……これ以上、私にできることはないのだろう。

この世界で……魔力が大きな意味を持つこの世界で、魔力が弱いということは辛いな。

私は窓枠にこつんと頭を付けると、ぎゅっと目を瞑った。

——他力本願なのは分かっているけれど。

どうか、セリアが無事でありますように。

ずっと考えていたけれど、結局セリアを救う方法を考えつくことができなかった私は、……ただそう祈るしかなかった。

◇　◇　◇

翌日は、遅めの朝食から始まった。

とは言っても、昨夜の誕生会は明け方近くまで開催されていたようなので、妥当な時間なのかもしれない。

朝が弱いはずの兄だったけれど、誕生会を欠席していた私を憐《あわ》れに思ったのか、からかいたいと思ったのか、元気な様子でぺらぺらと昨夜の様子を話してくれる。

おかげで、朝食の間は黙って兄の話を聞いていればよかった。

「いやー、ルチアーナ、ラカーシュ殿はあれはもう、彫像だけあって人ではないな」

……のっけから、何を言っているのだろう。もちろん、ラカーシュは人に決まっている。

そうは思ったものの、黙って目の前のパンを口に運ぶ。

「昨夜はすごかったぞ。会場の半分は男性だったというのに、全ての女性がラカーシュ殿1人に引き寄せられていくのだから。きっとラカーシュ殿の体からは、女性のみを吸い寄せる謎物質が放出されているのだな。そして、さらにすごいのが、ラカーシュ殿が女性に一切興味を示さないことだ。あんなに美女も、幼女も、何だって揃っていたのに！　いやー、正に彫像だ、人間であれば手を伸ばさずにはいられないはずだ……。くく、それにしても、私も含めた男性陣の間抜けなことといったら……」

　1人で楽しそうに語り続ける兄の話は突っ込みどころ満載だったので、普段ならば大いに反論するところだったけれど、今日はとてもそんな気になれなかった。

　胸の奥に石が詰まったようで、口を開きたくない気分だったのだ。

　けれど、そんな私の気分にはお構いなしに、時間はどんどんと過ぎていく。

　そして、とうとう狩りが始まる時間となったので、社交活動を行うためにデイドレスに着替えると部屋を後にした。

　狩りは、敷地内にある森の中で開催されると説明されていた。

　そのことを聞いた私は、なるほどと思ったものだ。

　城壁の外、……自然に広がる森の中には、たいていの場合、魔物が棲んでいる。

　だから、上級貴族の中の上級貴族は、狩りのために城壁の内側に森を整備しているのだなと感心したのだ。

……まったく、狩りとはどれだけ贅沢な遊びなのか。

我が家の事情に置き換えてみて、改めてフリティラリア公爵家の資産の潤沢さを突き付けられた気持ちになる。

我が家は侯爵家だけれど、もちろん城壁内部に森なんてない。

本当に、一握りの上級貴族にのみ許された最上級の大人のお遊びなのだろう。

感心している私の隣で、ユーリア様が「魔物を避けて狩りだけを楽しもうだなんて、軟弱だこと」と馬鹿にしたようにつぶやいていた。

もちろん、淑女のたしなみとして聞こえない振りをする。

正直なところを言うと、狩りに参加せずに部屋に引き籠りたい気分だったけれど、昨夜の誕生会を欠席したこともあり、連れてきていただいたユーリア様に対して礼を欠き続けるわけにはいかないという思いから、ユーリア様とともに狩りを見学することにする。

本日の狩りは、乗馬した紳士たちが猟犬とともに森の中の獲物を追い出して狩るという、オーソドックスなものだった。

静かにユーリア様の後ろを歩いていくと、森の中に作られた休憩スポットに到着した。

さすがは公爵家の休憩所だけあって、洒落たテーブルが幾つも設置してあり、それぞれのテーブルには日除けの傘が備えてあった。

ユーリア様とともに、案内されるまま空いている椅子に座る。

その場所からは、狩りに興じる紳士たちの姿を遠目に見ることができた。

椅子に座るとすぐに、侍女が温かい紅茶を出してくれる。

何かを楽しむような気分ではなかったけれど、ユーリア様の手前、楽し気な表情を装っておしゃべりに興じることにした。

しばらくすると、ユーリア様が席を外されたので、ティーカップを片手に、繰り広げられる狩りの様子を眺めていた。

すると、目の端で人影が動き、ユーリア様が座っていた椅子にどなたかが着席したので、戻って来られたのかと顔を上げる。

けれど、目の前に座っていたのはユーリア様ではなく、好戦的な表情をしたラカーシュの妹セリアだった。

セリアの小生意気ではあるけれど生気に溢《あふ》れた顔を目にした途端、安堵の気持ちで思わずふっと笑いが零れる。

けれど、私の笑いを見たセリアは馬鹿にされたと思ったのか、口元をきゅっと引き締めた。

「はじめまして、フリティラリア公爵家のセリアです」

セリアはわずかに口元を歪めると、友好的とは言えない表情で自己紹介をしてきた。

「……はじめまして、セリア様。ダイアンサス侯爵家のルチアーナです」

そういえば、正式に挨拶をするのはこれが初めてなのねと思いながら、名前を告げる。

こんなにずっとセリアのことを考えていたのに、自己紹介もしたことがなかったのだわと、思わず苦笑を浮かべると、そんな私の表情を誤解したセリアが、不愉快そうにきゅっと眉根を寄せた。

「ルチアーナ様、直接話をするのは初めての上、1学年上の方にご無礼を申し上げるのは承知しておりますが、どうしても一言言いたくて近付きましたの。……単刀直入に申し上げますが、卑劣な方法で兄の歓心をかうのは、止めてください」

「ラカーシュ様の歓心を買う、……ですか？」

いくらになるのか見当もつかないけれど、とても私の持っているお金では支払えそうにないわね。

そう思いながらセリアの言葉を繰り返す。

そもそもラカーシュの歓心とやらに値札が付いているかは不明だけれど、金額の多寡にかかわらず、私が相手では、不動の心を持った彫像相手に不可能な話だと思うけれど。

心の中でそうつぶやきながら、私を見つめて不愉快そうに歪められていたラカーシュの顔を思い浮かべる。

けれど、私の言葉を聞いたセリアは、キッとした表情で睨みつけてきた。

「ええ、そうです！　私が魔物に襲われるから気を付けるようにと、兄に助言したと聞きました。兄は、……兄は、実際に私が誰かに弑《しい》されるのではないかと、長年心配してきたのです。そんな兄の心配につけ込むようなやり口は、卑怯です！」

セリアの言葉を聞いて、何か具体的に心配するような理由があるのだろうかと驚いて見やると、彼女はさっと目を逸らし、「兄が心配性なだけですわ」とつぶやいた。

ラカーシュが心配性？　と、意外に思ったけれど、セリアの後ろに半ダース程の護衛が控えているのが目に入り、考えを改める。

確かにセリアは公爵令嬢であるけれど、自分の城の敷地内で引き連れるには多すぎる護衛の数だと思ったからだ。

私から進言された根拠ない一言だけをもとに、これほどの護衛を配置したというのならば、ラカーシュが心配性だというのは事実だろう。

私は顔を上げると、真剣な表情でセリアを見つめた。

「セリア様、分かりました。2度とラカーシュ様に近付かないと、お約束します」

「え、えっ!?」

私があまりにも簡単に約束をしたので、セリアから驚いたように見返される。

そんなセリアに対して身を乗り出すと、私は至近距離からセリアの瞳を見つめ、力を込めて言葉を続けた。

「その代わり、セリア様も一つだけお約束をしてください。今日から数日間、このフリティラリア公爵領にいる間だけで結構ですので、絶対に危ないことはしないということを。決して城壁外の森だとか、魔物が潜んでいそうな場所には近付かないと、お約束してください」

私の言葉を聞いたセリアは「どうして……」と小さくつぶやいた後、ハッとしたように表情を引き締めた。

「……あ、あぶなかったわ！　兄からルチアーナ様は一筋縄ではいかないと忠告されていたはずなのに、思わず引き込まれるところだったわ。……ええ、分かりました。そんな約束くらい、簡単です。領地内にいる間は決して危ないことはしないと約束しますから、あなたもきちんと約束を守って、兄には近付かないでくださいね！」

「はい、お約束しますわ」

私が頷いたのを確認すると、セリアは席を立って城の方へ戻って行った。

その後ろから、多くの護衛騎士が付いていく。

そんなセリアの後ろ姿は生気と気品に溢れており、私の心配が杞憂《きゆう》に終わればいいなと心の底から思った。

◇　◇　◇

それからしばらくして、狩りの終了を告げるラッパが吹き鳴らされた。

満足そうな表情をした紳士たちが、馬に乗って戻ってくる。

見るともなしに見ていると、たくさんの獲物を抱えた男性陣の中に、どう見ても手ぶらの紳士が

1人交じっていた。

何度も瞬きをしてみたけれど、その人物は血のつながった兄に見える。

「いや――あ、ああいう血なまぐさい遊びはどうだろう……」

私たちの目の前まで来た兄は、顔をしかめながら言い訳をし始めたが、狩りは立派な紳士のスポーツだ。

侯爵家嫡子として、ぜひとも押さえておかなければならない種目だろう。

そうは思ったものの、私の口から発せられたのは、全く異なる言葉だった。

「お兄様、先ほどセリア様とお話しをしましたの。とてもいじらしい方で、ご自分のことよりも、ご自分の兄のことを心配する優しい方でしたわ」

改めて考えてみると、ラカーシュが根拠もない私の一言を基に、安全なはずの敷地内で半ダースもの護衛騎士を妹に付けるだなんて、異常としか言いようがない。

だから、隠してはいるものの、心配される原因がセリアにあるのだろう。

にもかかわらず、セリアは自分のことはさておいて、兄を心配させるなと忠告しにきた。

兄思いのいい子だ。

そんなセリアを何とかして助けたいとは思うのだけれど、私にはもう方策がなかった。

できることは全てやったと、割り切ってしまえば楽になるのは分かっていたけれど、何かをやり残している気持ちになって、まだうじうじと考えずにはいられないのだ。

――ラカーシュに忠告はした。

セリアが襲われる場所も、魔物の種類も特定できない以上、これ以上具体的な忠告はできない……と、そこまで考えた時、私ははっとして立ち上がった。

そうだ。魔物に襲われた際、ラカーシュは大けがを負い、セリアは殺された。つまり、2人は同時に襲われたということだ。

ああ、私はいつも肝心なことが抜けている。2人で一緒にいる時に気を付けるようにと、忠告すべきだったのに。

私は弾《はじ》かれたように顔を上げると、城に向かって駆け出した。

後ろから、兄の声が追ってくる。

「おい、突然どうした、ルチアーナ！　元気なのはいいことだが、参加すべき行事は終了したので、そろそろお暇《いとま》するぞ。聞こえているか？　あまり遠くまで行くなよ！」

それまでは急いでもいなかったのに、気付いた途端に慌てだすのは私の悪い癖だ。

分かってはいるものの、駆け出した足を止めることができず、はぁはぁと荒い息をしながら、城の玄関まで一気に走り込んだ私は、付近に控えていた従僕にラカーシュの居所を尋ねた。

従僕は荒い息を繰り返す私を不審気に見つめはしたものの、上級貴族に仕える者だけあって、親切そうな表情を作ると丁寧に答えてくれた。

曰く、ラカーシュは既に狩りから戻ってきており、地下貯蔵庫でワインの確認をしているだろうとのことだった。

私は案内しようとした従僕を悪役令嬢特有の上からの笑顔でお断りすると、階段を駆け下りて地下へと続く扉を開けた。

視界の先には長い廊下が続いており、ラカーシュを探し出すのは簡単ではないように思われたけれど、廊下の両脇に並んだ扉の一つが開いているのが目に入った。

そして、開いた扉の向こう側に、深い紫色のシャツを着用した黒髪の男性の姿が見えた。

後ろを向いているので顔立ちは見えないけれど、あんなに脚が長く、全体のバランスが取れた男性は滅多にいないはずだ。

そう考え、ラカーシュではないかと当たりを付けて、呼びかける。

「ラカーシュ様！」

呼びかけられた男性は、振り向こうかどうしようかと考えているかのように、背中を向けたままの姿勢で数秒間静止した後、あきらめたように振り向いた。

「……これは、ダイアンサス侯爵令嬢、このようなところに何用かな？」

振り返った男性は、やはり彫像のような整った美貌のラカーシュだった。

シャツの深い紫色が黒髪黒瞳とマッチして、ラカーシュの美貌をより一層引き立てている。

元喪女の正しい在り方としては、その美貌に見とれるところだろうけれど、残念なことに、今の私には余裕がなかった。

「ラカーシュ様、あの……」

駆けるように近寄りながら、口を開く私を片手で制すると、ラカーシュは持っていたワインの瓶を棚に戻した。

「話は上へあがってから聞こう。……このような密室で2人きりなど、後からどのような言いがかりをつけられるか分かったものではないからな」

片手で扉の方向を指し示し、外に出るようにと暗に示していたラカーシュだったけれど、ばたばたとした足音が聞こえてきたため、訝し気に目を細める。

「この足音は……セリアか？　何を慌てている？」

ラカーシュが言い差したまま扉を眺めていると、彼の妹であるセリアが扉から飛び込んできた。

そのまま足早に私の横を通り過ぎると、兄のラカーシュに縋《すが》りつく。

「お兄様！」

「どうした？　何かあったのか？」

「お兄様に何かあるかもしれないと、心配したのですわ！　……密室で、女性と2人きりになられるなど」

言いながら、セリアは意味あり気にちらりと私を見た。

……ええ、ええ、品行不方正な悪役令嬢ですからね。男性と2人きりになると、何をするか分かりませんよね！

でも、実際は元喪女ですし、驚くぐらいの潔癖ぶりですよ。

そう心の中で反論した瞬間、頭の中でかちりと音がした。

「……えっ？」

突然の音に不穏なものを感じ、驚いて辺りを見回す。

すると、部屋の四方から紫色の煙が少しずつ迫ってくるのが見えた。

◇　◇　◇

「なに、この煙……」

四方から迫ってくる紫色の煙を見た途端、背筋にぞくりとした悪寒が走った。

私のつぶやきを拾ったラカーシュは、不思議そうに軽く眉根を寄せる。

「煙……？」

まるでこの不自然な紫色の煙が目に入っていないかのような言葉だった。

普段ならば、そんなラカーシュに違和感を覚えるところだけれど、その時の私はそれどころではなかった。

紫色の煙が一方の壁に薄い膜を張り続けるのを、ただただ瞬きもせずに見つめていたのだ。

初めて目にする光景にもかかわらず、その煙が心底おぞましく感じられ、背中を汗が滴り落ちていく。

「ダイアンサス侯爵令嬢？」

必死な表情で一方の壁を凝視し始めた私を不審に思ったようで、ラカーシュが訝し気な声を掛けた。

けれど、私はとても振り返ることなどできなかった。

肉食獣と相対し、背中を向けた途端に襲い掛かられるような恐怖を目の前の壁に感じていたからだ。

――その壁には、緑色の双頭の蛇の絵が描かれていた。

後から聞いた話によると、それはフリティラリア公爵家のいずれかの者が退治した魔物の絵だという。

先祖の武勇を伝えるために、地下の各部屋の壁には、公爵家に連なる者が退治した魔物の絵がそこここと描いてあるとのことだった。

恐怖とともにその絵を見つめていると、蛇の黒い瞳がぎらりと光った気がした。

「え……っ？」

思わず声を上げる。

――瞬間、轟音《ごうおん》とともに蛇の絵が描かれていた壁が崩れ落ちた。

「きゃあああああああああ!!」

セリアの叫び声は、壁が崩れたことによるものか、それとも、壁から現れ出でたモノによるものか。

叫びながら膝から崩れ落ちるセリアに対して、ラカーシュも私も動かなかった。

動けなかったと表現した方が正しいのかもしれないけれど、叫び声と轟音が鳴り響く中、崩れ落ちる壁を一心に見つめていた。

――崩れ落ちた瓦礫《がれき》の間にいる、見上げる程に大きい双頭の蛇の魔物を。

その双頭の蛇はとぐろをまいて鎌首をもたげていたけれど、もたげられた双頭の頭が私の頭よりも高い位置にあった。

その魔物を見た瞬間、はっはっと不自然な浅い呼吸が、私の口から洩《も》れる。

一言で表現するならば、恐怖だった。

ギロリとした魔物特有の黒い瞳が、1番近い距離にいる私をひたりと見つめており、その無機質な瞳に睨まれると、四肢を縛られたかのように身動きが取れない気持ちになる。

そして、一瞬にして力関係を悟った――双頭の蛇が捕食者で、私が被食者だと。

魔術を使って抵抗しようと思うのだけれど、がくがくと全身が震え出し、体が言うことを聞かない。

指一本動かせないうちに私はこの蛇に食べられるだろうと、最悪の想定をして硬直していた私の耳に、普段通りの冷ややかな声が入った。

「なるほど。壁の絵を媒介に同種の魔物を転移させたか。これは……面白いことを考える」

言いながら、ラカーシュは身に着けていた白い手袋を外して床に打ち捨てた。

それから、まるでオーケストラの指揮でもするかのように、優雅に両手を掲げる。

「魔術陣顕現！」

ラカーシュの言葉とともに、半径2メートルほどの黒い魔術陣が、ラカーシュを中心とした彼の足元に浮かび上がった。

「火魔術　〈初《はつ》の2〉　火矢《ひや》！」

それから、流れるような動作で右手を構えると、双頭の蛇に向かって魔術の矢を放つ。

炎の矢は真っすぐにラカーシュの手から双頭の蛇に向かって飛んでいき、蛇の鱗《うろこ》を焦がした。

「……なるほど。鱗を飛ばしもしないか。さすがに高《ハイ》レベルの双頭緑蛇《シャムサーペ》なだけはある」

ラカーシュは淡々と事実を確認すると、再度、右手を構える。

「火魔術　〈修《しゅう》の2〉　炎燃槍《えんねんそう》！」

――それは、学生にはとても使用できないだろうと思われる中級魔術だった。

魔術は、大きく三つに分類される。

初級魔術の〈初〉、中級魔術の〈修〉、上級魔術の〈威《い》〉だ。

その3分類に区別されたうえで、火、風、土、水といった属性ごとに分けられナンバリングされる。

たとえば、『火魔術〈初の1〉』といった場合、『火属性の初級魔術、ナンバー1』ということだ。ナンバリングはその技が魔術として世界と関連付けられ、整理された順に採番されたもので、威力とは無関係だ。

威力は〈初〉、〈修〉、〈威〉の3分類でのみ識別される。

そして、学園で学ぶ魔術はあくまで〈初〉の範囲であり、それだって卒業までに全てを習得できる生徒などほんの一握りだった。

にもかかわらず、ラカーシュは当然の顔をして中級魔術を発動させた。

ラカーシュの右手から発せられた赤々と燃える炎の槍が、双頭緑蛇《シャムサーペ》の喉元目掛けて突き刺さる。

――が、その炎の槍は魔物の鱗を幾らか散らしはしたものの、体の反対側から抜けていくことはなかった。

「……固いな。中級魔術でも貫通しないか」

ラカーシュは僅かに目を眇めると、淡々と言葉を発した。

どこまでも冷静なラカーシュとは異なり、私はやっとの思いで恐怖の叫び声を飲み込む。

……ああ、私にはこの魔物のランクは分からないけれど、中級魔術でも歯が立たないなんて、上位の魔物に違いない。

5メートルほどの前方で鎌首をもたげている双頭緑蛇《シャムサーペ》は体が大きく、一つ一つの鱗がてらてらと恐ろしくも美しく輝いている。

それは何十年も生き延びて大きく成長した、狡猾《こうかつ》で抜け目のない魔物の証だった。

双頭緑蛇《シャムサーペ》は一つの頭をラカーシュに向けはしたものの、もう一つの頭は変わらず私を見つめ続けていた。

その口が割れ、長い二股の舌が顔を出す。

チロチロと赤い舌を出して私の位置を確認すると、舌を出したまま頭を動かし、私を正面から睨みつけてきた。

その瞬間、私は恐怖でどうしようもなくなり、硬直していたはずの両手を何とか前に突き出すと、唯一使える魔術を行使した。

「ひ、……**火魔術　〈初の1〉　火球《かきゅう》！**」

後から振り返ってみれば、動揺しているうえ、魔術陣の展開もなく行使した魔術にほとんど威力がないということは火を見るより明らかだったけれど、その時は恐怖のあまり、出来得る攻撃を行うことしか頭になかった。

そもそも魔術とは、魔力をエネルギーとして術式を発動させるものである。

そして、私の魔力は上級貴族としては信じられないほど少ない。

私が発動させた火の球は、ゆっくりとしたスピードで魔物に向かっていったけれど、魔物の横を通り過ぎて後ろの壁に当たると弾け飛んだ。

「………はぁ、はぁ、はぁ」

けれど、私はその1発で息が上がってしまい、それ以上の魔術を行使できるようには思えなかった。

◇　◇　◇

たった1発の初級魔術を発動しただけで、息も絶え絶えの状態になってしまった自分を省みて、私は心底情けない思いだった。

学園で行った魔術の演習では、数発の魔術を行使できたはずで、その際もこれほど消耗してはいなかった。

実戦の緊張感は演習時のそれとは比べ物にならず、体が不必要に強張《こわば》っていることが原因だと思われたけれど、今の状況で平静を保つことは至難の技に思われた。

息が上がり、はぁはぁと荒い息を繰り返す私をちらりと見ると、ラカーシュは冷ややかな声を掛けた。

「下がっていろ、ダイアンサス侯爵令嬢。その程度の魔術では、意識逸らしの役にすら立たない。せめて私の邪魔にならないようにしてくれ」

声を出すことも難しかった私は、かすかに頷くと、後ろ向きに下がろうとした。

そのため、一瞬だけ足元を確認する。

けれど、その一瞬の隙をついて、魔物の頭の一つが私を目掛けて襲い掛かってきた。

「ダイアンサス！」

気付いた時には、ラカーシュに突き飛ばされていた。

「えっ!?」

基本的に、魔術師は魔術陣を展開している際、その陣から離れることはない。

なぜなら、魔術師が円陣から離れた瞬間に魔術陣は消失してしまい、再度魔術陣を描こうとする場合、一定時間の経過を待たないといけないからだ。

だからこそ、その中に位置するだけで魔術を強化できる陣を捨てることなど、魔術師は絶対に行わない。……だというのに。

なのに、ラカーシュは陣を捨てて飛び出してくると、私を突き飛ばしてくれた。

正に今、その強力なあごで魔物にかみ砕かれ、絶命しようとしていた私を救うために。

「……はっ、はっ、はっ」

私は床に倒れ伏したまま、どうにも乱れた呼吸を繰り返しながら、呆然と目の前に立つラカーシュを見つめていた。

「どうして……」

思わず言葉が零れる。

どうして、自分の身を危険にさらしてまで、私を救ってくれたのだろう。

ラカーシュはつきまとう私に迷惑していたはずだ。

ラカーシュにとって大事なことは、自分の命と妹の命を守ることのはずだ。

目の前の魔物が非常に強力であることを認識したラカーシュには、私のことまで気に掛ける余裕はないはずだ。

なのに、どうして……。

「貴族の義務《ノブレスオブリージュ》だ」

ラカーシュは何でもないことのように言い捨てると、ちらりと私を見た。

「下がれ。そして、隙を見てセリアと逃げろ」

その時の私には、正しい判断ができる情報を何も持ち合わせていなかった。

魔物のランクが分からない。ラカーシュの強さが分からない。

だから、それらを1番理解していそうなラカーシュに従った。

震える足で立ち上がると、うずくまっているセリアの下まで駆け寄り、腕を取って立たせる。

それから、セリアの背中を押すようにして、扉まで誘導した。

ふらつく足を叱咤《しった》して、できるだけ急いで扉に向かう。

けれど、私たちの進路を妨害するかのように、何かが目の前に落ちてきた。

ぐしゃりと。

不自然に足がねじ曲がった状態のラカーシュが。

「ラカーシュ！」

「お、お、お、お兄様!!」

「……騒ぐな。生きている」

ラカーシュは短く答えると、素早く立ち上がり魔物へむかって片手を向ける。

「火魔術 〈修の5〉 炎粉盾《えんふんだて》！」

ラカーシュの言葉に呼応して、ラカーシュの体全体を守るかのように、ぱらぱらと炎の粉をまき散らしながら半円状の炎の盾が出現した。

「はっ……守護にまわるあたり、悪手もいいところだな。セリア、ダイアンサス、私が堪《こら》えている間に、その扉から……」

双頭緑蛇《シャムサーペ》を見つめながら言葉を発していたラカーシュだったけれど、驚いたかのように目を見開くと、不自然な形で言葉が途切れた。

なぜなら、双頭の魔物が目の前で二つに分かれたからだ。

まるで、初めから、それぞれが1頭1尾の蛇であったかのように、まっぷたつに。

そして、そのうちの1頭は素早く扉の前に移動すると、扉を塞ぐような形で停止した。

「く……」

ラカーシュが悔し気に唇を噛む。

1度に二つの魔術を行使することはできない。

つまり、2頭の魔物が2方向に出現している現状では、1方向しか守れない盾では対応できないということだ。

決断を迫られたラカーシュはあっさりと魔術の盾を消失させると、扉の前に位置した魔物へ向かって片手を構えた。

「いいか、私が隙をつくる。その間に扉から外へ出ろ。絶対に君たちに被害は出さない。だから、怖くても、魔物が追いすがってきても、決して足を止めるな」

ラカーシュは2頭の魔物を両にらみしながら、セリアと私に話しかけた。

そして、返事も待たずに魔術を発動させる。

「火魔術　〈威の2〉　尖《せん》叉《さ》青《せい》槍《そう》!!」

言葉と共にラカーシュの両手からそれぞれに、青い炎の槍が出現した。

思わず息を詰める。

それは、見ているだけで呼吸が苦しくなるような、迫力と威力をもった炎の槍だった。

先ほどまでの魔術とエネルギー量が全く異なることは、目を瞑っていても分かるほどだ。

ラカーシュが両手を振り下ろすと、ごおおと不穏な音を響かせながら、炎の槍はその周りに青い炎を巻き付かせて、一直線にそれぞれの魔物を狙っていった。

そして、避ける間もなく2頭の魔物の喉元を貫通する。

それを見た私はセリアの手を握ると、一目散に駆け出した。

どうしてラカーシュが上級魔術を使えるのだろうとか、物凄い精度だわとか、色々と思ったけれど、全ての考えを頭から追い払い、ただただ足を動かす。

けれど、槍の太さが不十分だったのか、それとも、急所からずれたのか、2頭の魔物は絶命することなく、苦悶《くもん》の表情を浮かべながらも尾の部分のみを地面に接地すると、ぐんと頭部を高く持ち上げた。

扉口で待ち構えている双頭緑蛇《シャムサーペ》だったモノのうちの1頭が、大きく口を開ける。

噛まれるかもしれない、とは思ったけれど、それでも逃げられるとしたら今しかないと走り続ける。

少なくともセリアだけでも逃がせればと、握っていた手をつなぎ変えて、魔物側に自分がくるように場所を入れ替わる。

「火魔術　〈修の2〉　炎燃槍！」

ラカーシュが再び魔術を発動する声が聞こえた。

上級魔術は威力が桁違いな分、消費する魔力も桁違いだ。

中級魔術に切り替えたことから推測するに、多分、ラカーシュが発動できる上級魔術は1度きりなのだろう。

相変わらずの精度の良さで、魔術の槍は魔物の額に刺さったけれど、残念なことに威力が足りていない。

単頭緑蛇《カプトサーペ》は僅かに頭を傾げたけれど、気にした風もなく大きく口を開け、私を丸のみしようとでもいうかのように迫ってきた。

◇　◇　◇

魔物に食べられる、と思った瞬間、咄嗟《とっさ》にセリアを突き飛ばしていた。

扉の外の安全な場所に向かってセリアを押したつもりだったけれど、確認すると全然方向が違っていた。

ああ、こういうところがダメなのよね、決まらないなーと思いながらも、迫りくる魔物に覚悟を決めて目を閉じ……ようとした瞬間、爆音とともに壁の一枚が吹き飛んだ。

「え!?」

驚いて顔を向けると、吹き飛んだ壁の向こう側に空が見えた。

「ええ？　た、退路ができた!?」

思わず叫んだけれど、驚いたのは私だけではなかったようで、正に私を頭から食べようとしていた魔物もひるんだように後ろに飛び退《すさ》った。

そんな中、場違いなほどのんびりとした声が掛けられる。

「やーあ、まいったぞ。完全に威力を間違えた。地面は一部えぐれたし、城の壁は吹き飛んだ。だが、見たところ魔物に襲われて退路を探していたようだし、この穴は間違いなく退路になるし、城の一部を壊したことについては、不問に付してもらえるとありがたいのだが」

その言葉とともに、1階部分の高さから地階であるこの部屋を、穴が開いた壁越しに見下ろしてくる人物の姿があった。

その人物が持つ青紫の髪に、嫌になるくらい見覚えがあることに気付く。

「お、お兄様！」

全く状況が把握できないまま、けれど、縋るように呼び掛ける。

すると、兄は普段通りの口調で返してきた。

「やぁ、ルチアーナ、そろそろ帰る時間だぞ。子どもではないのだから、わざわざ呼びに来させるんじゃない。と、魔物と対峙《たいじ》していて、それどころではなかったのだったな。よしよし、命が惜しければ、そのえぐれた土のトンネルを進んでこい。泥にまみれるだなんて、お前に相応しいじゃないか。……む、ご令嬢もいらっしゃるのか」

話している途中でセリアに気付いた兄は、一切のためらいもなく、自身が作った穴を通って地階に滑り込んできた。

そして、私に突き飛ばされて地面に倒れ伏していたセリアの前で紳士の礼を取る。

「初めまして、ご令嬢。ご紹介もなしに声を掛ける無礼をお許しください。サフィア・ダイアンサスと申します。誠に無礼な申し出であることは承知しておりますが、火急の時なれば、ご令嬢を抱き上げる許可をいただけますか？」

兄は胸に手を当てたままセリアを見つめると、黙って返事を待っている。

……いやいやいや、お兄様。

魔物が目の前にいるの、見えていますよね!?

それ、結構、すごく、強力な魔物ですよー。

命だって危ぶまれるような場面で、紳士道を貫いている場合ではないと思うのですが。

けれど、優先順位が常人とは異なる兄は、黙ってセリアの返事を待ち続け、「は……」と言いながら首を縦に振った（ように見えた仕草を肯定と解釈すると）、静かに微笑みながら両手を地面に向けた。

「魔術陣顕現！」

その言葉と共に、青紫の魔術陣が兄の足元に展開される。

驚いたことに、その魔術陣はラカーシュのそれよりも複雑な術式が施されているように見えた。

魔術陣を敷くことで、使用する魔術の威力が跳ね上がるのは誰もが知るところだけど、跳ね上がる威力の程度は魔術陣の作りに左右される。

一般的に、多くの術式を使用した魔術陣の方が、効果が高い傾向にあった。

兄はそれぞれの魔物に向かって両手を向けると、高らかに魔術を発動させる。

「水魔術　〈修の5〉　淼《びょう》渦《か》盾《だて》！」

兄のそれぞれの手の平から大きな渦巻く盾が一枚ずつ現れる。

兄が振り払う動作をすると、それらの盾は魔物に向かって移動し、それぞれの魔物の半周を取り囲むような形で停止した。

「さーて、急ぐぞ。魔術陣で強化したとしても、しょせんは僅かな足止め程度にしか役には立たない代物だ」

そう言うと、兄は優雅な仕草で一礼した後に、ひょいっとセリアを抱え上げた。

そして、物凄い急角度の出口を危なげなく登って行く。

……本当に、こういう非常事態に改めて認識するのだけれど、お兄様のスペックって高いわよね。

どうしてこの能力が普段の生活に活《い》かされないのかしら？

対する私は、両手両足を使った這《は》い上るような形で、何とか地階から抜け出すことができた。

わずかな距離だというのに、手や足はもちろん体中が泥だらけになる。

私の後ろには、ラカーシュが続いた。多分、何かあった時に対応するため、最後尾に位置取ってくれたのだろう。

脱出した先は、城の裏手だった。

城の正面側にあった整備された森とは一味違った、うっそうとした木立の森が続いている。

私は木の幹に手を掛けると、思わずといった風につぶやいた。

「で、出られた……」

けれど、私の横に立ったラカーシュは、脱出口を見ながら不穏なことを言う。

「そうだな。だが、密室ではなくなったというだけで、状況に大きな違いはない」

見ると、2頭の単頭緑蛇《カプトサーペ》が脱出口を這い上がってくるところだった。

魔物はびしょびしょに濡《ぬ》れているものの、弱っている様子は見受けられない。

私は慌てて木の幹から手を放すと、魔物と応戦すべきか、逃げるべきかを考える。

けれど、1人だけ感覚がずれている兄は、のんびりとした様子でつぶやいた。

「いやーあ、やっぱり時間稼ぎが関の山だったな」

それから、にやりと笑いながら私を見る。

「困ったぞ、ルチアーナ。私は今しがた魔術陣を顕現させたばかりだから、新たなものはしばらく描けない。さらに言うならば、地階からの脱出口を作成するために派手な魔術を使用したから、魔力もほぼ枯渇しかけている。ここにいるのは魔術がほとんど使えない、ちょっとばかり顔が整っただけの男だ。さて、そんな色男にお前は何を望むかね？」

そう尋ねるように口を開いた兄に返せる答えは一つだ。

「もちろん、魔物の殲滅《せんめつ》です！　あの2頭を退治してください」

「や、ルチアーナ。予想通りの答えではあるが、傲慢な上に他力本願ときては、お前を好ましく思う男性は非常に偏った趣味の者だけになるぞ。もう少し、個人の魅力を上げるべきだ。……ということで出番だ、ルチアーナ」

兄は顔を寄せると、わずかに声のトーンを落としてきた。

けれど、側にいるラカーシュたちに聞こえない程ではないので、実質的な意味はなく、効果的な演出をしたいだけなのだろうと思われた。

「思い出せ、ルチアーナ。お前がなぜ、わざわざフリティラリア公爵家の誕生会に参加したのかを。ラカーシュ殿を落とすためだろう？　だというのに、今のところ、ラカーシュ殿に対して全く好印象を与えていないという体たらくだ。ピンチはチャンスと言うじゃあないか。ここでお前が活躍して、ラカーシュ殿の危機を救ってみろ。ラカーシュ殿が恋する乙女のようになって、お前に懸想すること間違いなしだ。よしよし、心優しき兄がお前にチャンスを譲ってやろう」

兄は１人でぺらぺらと勝手なことを言うと、ばしんと私の背中を叩いて魔物の前に押し出した。

◇　◇　◇

その時の私に言えることは一つだった。

……いや、死ぬでしょこれ。

セリアを庇《かば》う位置にラカーシュが、その隣に兄が、そして３人から１人だけ飛び出した位置に私が立っている。

そんな私たちに対して、二手に分かれた魔物が、両側から慎重に近寄ってくる。

右を見ると、単頭緑蛇《カプトサーペ》が体をくねらせながら、舌をチロチロと出している。

左を見ると、単頭緑蛇《カプトサーペ》が動線上にあった太い木の枝を尻尾で締め付け、ばきりと真っ二つにへし折っている。

それぞれが好き勝手なことをしているように見えるけれど、2頭はゆっくりしたペースながら、確実に左右から挟み撃ちをしてきていた。

こんな恐ろしい魔物を2頭もなんて、とても討伐できる気がしなくて、縋るように後ろにいる兄を振り返る。

「サ、サフィアお兄様！　無理、無理ですわ……」

思わず泣き言を言うと、兄は意地が悪そうな顔でささやいた。

「では、『お兄ちゃま、助けてくだちぃ』と言ってごらん」

「へ？」

「ほら、助けを必要とする時には呪文が必要なのだ。それがこれだ」

「お、おにいちゃま、たすけてぇー？」

「やー、微妙に、そして、絶妙に違うが、まぁよいだろう。お前は最近、つんけんして可愛げがなくなっていたからな。兄からのショック療法だ。さて、ルチアーナ。お前はまだ、いくらか魔力が残っているだろう。魔術陣の顕現は可能か？」

その言葉に、はっとして兄を振り仰ぐ。

兄は軽い調子で口にしたけれど、それこそが本題だと、言われた途端に気が付いたからだ。

――魔術を使う瞬間、魔術師は世界とつながる。

魔術は原理原則が解明された事柄で、手順通りに行えば必ず発動するものだ。

そして、その原理原則は世界と紐《ひも》づけられている。

だからこそ、同じ人物が魔術陣を立て続けに描くことはできない。

わずかではあるが、魔術陣を描く行為は、世界を魔術師の形に歪めてしまうことになるからだ。

魔術陣を連続で作成することは世界への影響が大きすぎるし、術者への跳ね返りがあるため、禁則事項とされているのだ。

そのため、そういう場合は近しい者の魔術陣を使う。

基本的に、本人が顕現させた魔術陣でしか、自身の魔術を上乗せする効果は発生しないけれど、血縁だとか近しい者の魔術陣の場合、幾らかの恩恵にあずかれるのだ。

それが微々たるものだとしても、――そのわずかな違いですら必要な状況なのだろう。

にもかかわらず、そのことを微塵《みじん》も感じさせない兄の態度は、すごいと言わざるを得ない。

……先ほど自分が発動させた、出来の悪い火魔術を思い出す。

言い訳になるけれど、ルチアーナの記憶を辿ってみても、あんなに出来の悪い魔術の発出は久しぶりだった。

ルチアーナは一つの魔術しか使えないけれど、その分「火球」の技には慣れていて、成功率は高いのだ。

失敗の理由を考えてみるに、凶悪な魔物を目の前にして、がちがちに体が強張っていたのが原因だと思われるのだけれど、今はうっすらとした緊張を感じるだけで、余分な力が抜けている。

……これは、普段通りの会話を交わし、緊張をほぐしてくれた兄のおかげなんだろうな。

兄が私を押し出した理由も、遅ればせながら分かった。

皆から一歩踏み出した位置に立っている私は、そのまま魔術陣を描くのに適した場所に立っていたのだから。

……これが、偶然ってことはないんだろうな。

サフィアお兄様は色々と、本当にすごいのかもしれない。

いつだってふざけているから底が知れないけれど、兄自身は想像以上にハイスペックなのかもしれないと思いながら、地面に向かって両手を広げる。

「魔術陣顕現！」

魔術陣を描くには、繊細で丁寧な魔術を必要とする。

先ほどまでのがちがちに緊張していた体では、上手く描くことは難しかっただろう。

そう考える私の足元に、兄やラカーシュのものと比べると、非常にシンプルな紫色の魔術陣が現れた。

けれど、それが今の私に描ける精一杯の魔術陣なのだ。仕方がない。

「やー、まじないと考えれば悪くない」

言いながら、兄は私が作った魔術陣に乗ってくる。そして、私の前に立ち塞がる形に位置した。

「まじないか。その程度でもないよりかはましだろう」

言いながら、ラカーシュが兄の横に立つ。

いや、違うでしょう。ラカーシュは血縁でもないのだから、私が描いた魔術陣の恩恵なんて１ミリだって受けられないはずだ。

だから……これは、私の前に立つための言い訳なのだろう。

何というのか。ラカーシュは山のようにプライドが高いけれど、そのプライドを持つに足るべく誇り高い生き方を自分に強いているのだなと気付く。

疲れるだろうな、と思うけれど。

けれど、それはラカーシュの性格からきているのだろうから、どうしようもないのだろう。

つまり、彼は好悪の感情にかかわらず、自分よりも弱い者を守らずにはいられないのだ。

ああ、外見だけじゃなくて、ハートもイケメンって、どうよこれ。

私が普通の悪役令嬢ならイチコロでしょうね！

そう思いながら、私は２人の邪魔にならないよう、魔術陣のぎりぎりの場所に立った。

そうして、セリアを振り返る。

「セリア様、まずはあなたが隙をみて逃げてください！」

うずくまっていたセリアだったけれど、私の言葉を聞いた途端、はっとしたように立ち上がった。

そして、気持ちを新たにするためか、自分の頬をぱしんと両手で叩く。

顔を上げ、再び私と目を合わせた時のセリアには、うずくまっていた時とは異なり生気が感じられた。

気力を取り戻したセリアの姿を見て、私は言葉を続ける。

「私がこの場所を移動すると魔術陣が消えてしまうので、私はぎりぎりまでこの場に踏みとどまります。この２人は究極的に女性を優先させるようだから、あなたと私が逃げない限り、死んでもこの場を動かないでしょう。だから、お兄様を助けたければ、まずはあなたが逃げ切ってちょうだい」

セリアは私の顔を正面から見つめると、真剣な表情で頷いた。

図った訳でもないだろうに、いつの間にか兄とラカーシュは背中を合わせるように立っていた。

そして、それぞれの正面に対峙する蛇型の魔物を一心に見つめていた。

◇　◇　◇

「水魔術〈修の２〉淼轟槍《びょうごうそう》！」

「火魔術〈修の１〉炎焦砲《えんしょうほう》！」

兄とラカーシュが何発もの攻撃魔術を魔物に打ち込むのを見て、どれほどの魔力を秘めているのかと空恐ろしくなる。

魔物は連続した攻撃に戦いあぐねているようで、一定の距離を保ったまま、それ以上は近付いてこようとはしなかった。

それを見たセリアは、今こそが逃げ出すタイミングだと思ったようで、脱兎《だっと》のごとく駆け出した。

――城がある方向ではなく、木々が生い茂っている森の方向へ。

私は咄嗟に、えっ？　と思ったけれど、この城はセリアが生まれ育った場所だ。

彼女が森側へ逃げるのならば、そちらの方が逃げおおせる確率が高いと判断した結果だろう。

けれど、どういうわけか、セリアが逃げ出したのを見た魔物たちは、２頭ともに戦闘中の相手を放り出して、滑るように森の中へ入って行った。

「えっ？」

戦闘中に背中を見せるのは、すごい悪手だ。

だから、それをやるとするならば、よっぽどの理由があるはずだけれど？

驚く私とは対照的に、ラカーシュは悔し気な表情を滲《にじ》ませた。

「くっ、やはりセリアに……」

喉の奥で何事かをつぶやきながら、あっさりと魔術陣を捨てて森の中へ追っていく。

兄も一言も言わずに、後に続いた。

私は助けを呼びに行くべきかどうすべきか一瞬迷ったものの、そんな時間はないと判断して、兄たちの後を追う。

走って、走って、走って。

——皆に追いついた時、セリアは湖を背にして立っていた。

セリアと向かい合う形で、５メートル手前に２頭の魔物。

そして、魔物のさらに５メートル手前に、兄とラカーシュ。

その光景を見た瞬間、私の頭の中でかちりと音がして、何かが一つはまったような感覚に襲われた。

かちりかちりと頭の中が整理されていき、必要な情報を取捨選択していく。

そして、……体は緊張に包まれていたけれど、頭は非常に冴《さ》えていて、全く関係がないことを思い出した。

——先日、学園での空いた時間に試し読みをしていた、王国古語の教科書の一節を。

『黒百合の森に現れし緑の蛇は、赤き湖にて永遠に眠る』

その時は全く意味をなさない一文だと思っていたけれど、かちかちと頭の中で翻訳が始まる。

……ああ。

私は突然、理解する。

——これは運命を覆す、唯一絶対の『救済の言葉』だったのだと。

この世界は平等で、失うべき時には必ず、救うべき道も用意されている。

ただし、その救いの道は絶対に分からないように隠蔽されているので、誰もが気付き得ないだけで……。


私は魔物の気をひかないように、足音を潜めて静かに兄たちの下に近付いて行った。

できるだけ音を立てず、けれど、できるだけ早く足を進める。

そして、ちょうど兄とラカーシュの真後ろに位置することができた時、遠目に、湖の際まで追い詰められたセリアと、その前で襲い掛かるタイミングを計っている2頭の魔物の姿がはっきりと見えた。

状況は、非常にまずいように見えるけれど……。

そう思い、正面に立つ2人をさっと見上げて表情を探ると、兄は無表情で、ラカーシュも無表情だった。

くうう、この鉄面皮どもめ！

現状が分からないから、2人の表情から状況を判断しようと思ったのだけれど、この無表情からは、ピンチなのかチャンスなのかも分かりやしない。

いや、ピンチではあるのでしょうけれど、その緊急度合いが不明だ。

つまり、この2人が現状の打開策を持っているのか、持っていないのかが、一切分からない。

けれど、そこまで考えた時、後ろから見た2人のシャツが背中に張り付いていることに気付き、考えを改める。

これだけ均整の取れた体つきをしている2人だ。十分体を鍛えているはずだし、少し動いたくらいで汗をかくはずがない。

シャツの背中が汗で張り付くくらい、緊張しているということなのだろう。

表情からは全く分からないけれど。

つまり、打開策が見つからず、次の一手を探しあぐねて緊迫している状況のはずだと、勝手に解釈する。

ならば私の提案も受け入れやすいんじゃないかしらと、ひそりと小さな声で2人に話しかけた。

「緊迫して取り込んでいる最中に誠に申し訳ありませんが、一つ秘策を思い付きましたので、ご協力いただけますか？」

「え!?」

「ルチアーナ？」

魔物に対して物凄く集中していたのだろう。

話しかけるまで、2人とも私が後ろに位置していたのに気付いていなかったようで、驚いたような視線を向けられた。

気配に敏感な2人にしては珍しいことだと思いながら、ひそひそと早口で必要なことを口にする。

「ここから見ても分かるように、湖の水の一部に赤い部分がありますよね？　あそこに魔物を落とし込もうと思いますの。時間がないので説明は割愛しますが、あの赤い水は魔物に悪作用します。だから、ラカーシュ様は魔物を湖まで吹き飛ばしてください。お兄様は湖の赤く濁っている部分を、少しでも手前にくるように移動させてください」

「おいおい、ルチアーナ、突然何を……」

　とまどったように口を開きかけた兄の言葉を最後まで言わせずに、私は至近距離から兄の瞳を覗き込んだ。

「私は思い出しましたよ、お兄様。なぜ、わざわざフリティラリア公爵家の誕生会に参加したのかを」

　先ほどの兄のセリフを真似《まね》して繰り返すと、サフィアお兄様はわずかに目を見張った。

「……すごいな、ルチアーナ。お前はこの期に及んで、まだ諦めていないんだな」

　私は兄を見つめると、こくりと頷く。

「上手くいくかどうかは分かりませんが、ここが、私が活躍できる唯一のチャンスです。ラカーシュ様に恋する乙女のようになっていただき、私に懸想していただくための。心優しいお兄様としては、妹の恋心のためにチャンスを作ってください」

　私にも段々と、兄の動かし方が分かってきた。

　このような奇天烈な言い回しをしない限り、兄はなかなか動かないだろうということが。

　果たして兄は、面白いことを聞いたというように笑い声を上げた。

「ははは、面白い。私にしては不甲斐ないことに、活路を見出せなくて動きあぐねていたところだ。よし、お前に乗ろう」

そして、私の期待通り、協力することに同意してくれた。

けれど、私の遊び心を理解しておらず、正面から私の言葉を受け取ったラカーシュは、呆れたような声を出した。

「そのようなことを、私の目の前で言うものかね。ダイアンサス侯爵令嬢、後ほど、淑女の在り方について話をさせてくれ」

斜め上からの回答ではあるけれども、未来のことを語るということは、私の提案に協力してくれるという返事なのだろう。

万策尽きた感のラカーシュ（と私は勝手に解釈しているのだけれど）にしてみれば、魔物を水中に落とすという新たなアイディアが、活路につながるかもしれないと思えたのかもしれない。

私ですら成功の道筋が見えていないのに、ありがたいことだわ。

そう思いながら、私はぎゅっと両手を握りしめた。

――これが最後のチャンスだ。

待っていて、セリア。必ず私たちがあなたを助けるから。

◇　◇　◇

遠目から見ても、セリアの表情は恐怖で引きつっていた。

血筋からいくと、セリアは優秀な魔術の使い手のはずなのだけれど、恐怖からなのか一切の魔術を行使できないでいるように見えた。

そして、魔物にも感情があるのか、セリアが恐れおののく姿を見て楽しんでいるように見える。

そんな妹が嬲《なぶ》られていると言えなくもない状況において、ラカーシュは冷静だった。

両手の指を複雑に組み合わせると、印を結ぶ。

それは、魔力を最後まで使い切る時に魔術師が行う動作だった。

「魔力放出—火魔術」

ラカーシュが唱えた瞬間、世界の門が開く。

——そして、ラカーシュは世界とつながるのだ。

「〈威の7〉　焱災旋風《かさいせんぷう》!!」

それは、激しい炎を伴うつむじ風だった。

ごうごうという激しい風の音とともに、上空の一面が全てオレンジ色に染まる。

オレンジの色は熱を持っていて、炎の態《てい》を成していた。

ぱらぱらと火の粉をまき散らしながら、炎の突風が2頭の魔物を襲う。

突然の熱波に驚いた魔物は、次の瞬間、上昇気流によって体を持ち上げられていた。

〝シャ————!!〟

足場が不安定な上空に巻き上げられた2頭の魔物は、長い舌を出すと威嚇音を出し始めた。

ラカーシュは両手を構えたまま、術を継続する。

一方の兄は同じく両手を組み合わせて印を結ぶと、声を上げた。

「魔力放出—水魔術」

——その瞬間、兄のためにも世界の門が開く。

兄は世界と接続され、その膨大な魔力量に呼応して、湖の表面に自然とさざ波が発生した。

「〈威の9〉　淼《まん》脈《みやく》流《る》転《てん》!!」

「げふっ!」

薄々兄も上級魔術が使えるのではないかと思っていたけれど、実際に目の前で行使されると、驚きのあまりむせ込んでしまう。

兄が魔術を発動すると同時に、青い湖の一部———赤く濁っていた部分のみの水が波立ち、回転を始める。

そして、渦を巻きながら、少しずつこちら側に近付いてきた。

「すごい……」

思わず私の口から、ぽつりと言葉が零れ落ちた。

上級魔術を行使できること自体が称賛に値することだけれど、兄といい、ラカーシュといい、このコントロールの良さは何なのだろう。

特に兄の術を見ると、赤く濁った部分のみが移動してくるので、その精度の良さがよく分かる。

私は両手を握りしめると、ラカーシュの魔術と兄の魔術が上手く一致して、2頭の魔物が赤い水の中に落ちることを祈った。

けれど、祈りというのは必ずしも叶えられるとは限らず。

赤く濁った部分まで、ほんのあと数メートルというところになって、炎の熱さにのたうち回っていた魔物が突然鎌首を上げた――まるで、野生動物が死期を悟った時のように。

魔物特有の生命維持に関する直感が働いたのか、単頭緑蛇《カプトサーペ》は2頭ともに体を真っすぐに伸ばすと、まるでドリルのように体を回転させ始めた。

それから、ラカーシュが作り出した風と炎の壁を突き破るかのように突っ込んでいく。

「く……！」

ラカーシュが破られまいと魔力をコントロールするけれど、元々この技は、壁としての機能が目的のものではなく……。

「あっ！」

空を見上げていた私の口から、思わず声が零れ落ちた。

視界の先で、ぽとり、ぽとりと2頭の魔物がラカーシュの作った炎の中から逃げ出し、空中に落ちていくのが見えたからだ。

「む……」

兄が思わず声を上げる。

なぜなら、兄が必死で移動させていたにもかかわらず、赤く濁った水は、予想される魔物の落下位置から数メートルずれていたのだから。

このままでは、水中に落下した魔物はそのまま水の上を泳いで、すぐに岸へ辿り着くだろう。

「セリア、城まで走れ！」

この後の事態を予測したラカーシュが、大声で叫んだ。

弾かれたように、セリアが城へ向かって走り出す。

「ダイアンサス、君もだ!!」

続けてラカーシュが、私に対して大声で叫ぶ。

……ああ、ラカーシュは当たり前のようにセリアと私を逃がそうとするけれど。

けれど、自分はここに踏みとどまって、何とか魔物を足止めしようとするのだろう。

そして、兄も何も言わないけれど、ラカーシュの言葉を聞いても微動だにしないということは、初めからラカーシュとともにこの場を守る気でいたのだろう。

……本当に、素敵な紳士たちだわ。

深窓のご令嬢としては、紳士の顔を立てて、一目散に逃げ出すべきなのだろうけれど。

けれど、ここで逃げ出すようでは、悪役令嬢の名折れだわ。

私は腕を伸ばすと、落ちてくる魔物に向かって両手の平を向けた。

さわりと、湖から吹く風が私の髪を巻き上げる。

……前世の記憶を取り戻してからずっと、不思議に思っていることがあった。

『どうして、ルチアーナは火魔術を使うのかしら？』

兄が言っていたように、魔術の系統は血に拠《よ》る。

火魔術の血統は火魔術に優れ、水魔術の血統は水魔術に優れる。

――火魔術と水魔術の行使方法は全く違う。

そして、一つの属性を極めるためには、恐ろしいほどの時間が必要になる。高みを目指せば目指すほどに。

だから、ごく稀に、複数の属性に適性を持つ魔術師もいるけれど、効率性を考えて、一つの属性のみを極めることが推奨されていた。

魔術師の正しい姿は、それなりに行使できる複数の属性を持つことではなく、強力な1属性を極めることなのだ。

そして、たった一つの属性しか選べないため、選択の際には誰もが自分の血統に合ったものを選ぶ。

火魔術の血統は火魔術を、水魔術の血統は水魔術を。

血統の属性魔術を強化するため、上級貴族の多くは、同じ属性の者同士で婚姻を結ぶほどだ。

そして、我がダイアンサス家が受け継いできた属性は水、もしくは風だ。

基本属性は水なのだけれど、水と相性の良い風属性の血を時々に織り込んでいくことで、水属性を強化してきた。そのため、稀に血統の中から風属性に優れた魔術師も生まれるのだけれど。

けれど、火の血統は我が侯爵家には一切ないものだ。

――私の髪を風が巻き上げる。

まるで、おもねるかのように風が吹く。あるいは、従うかのように。心地よい風が……。

……ああ、私に適した属性は、間違いなく風だ。

不思議なことに、少し目を凝らすと、この場に存在する全ての風の濃度と速度、流れる方向が視えてくる。

ただ、今まで1度も風魔術なんて使用したことがないため、使用したとして、どれだけの威力があるかは不明だけれど。

けれど、私は腹を括《くく》ると、真っすぐに落ちてくる魔物を見つめながら声を上げた。

「風魔術―風花《かざばな》！」

◇　◇　◇

私の言葉を聞いた瞬間、兄とラカーシュが驚いたように私を振り返った。

まあ、そうだろう。

今まで1度も風魔術なんて使ったことはなかったので、突然何を言い出すのだと驚いていることは予想できる。

けれど、私自身不思議なことに、風魔術が使えない可能性を全く考えもしなかった。

声に魔力を乗せた瞬間、私は風魔術を使うことができるのだと体全体で理解したのだ。

果たして、私の手のひらからは渦巻く風が発生し、落下していた魔物の体を浮遊させた。

その状態のまま、数メートルの距離を横に移動させる。

高い位置で魔物を放り出すと、空中を滑るように横移動して、異なるポイントに着地されるかもしれないと心配した私は、魔物の高度を下げ、わずか1メートル程の高さで――それは、正に赤く濁った水面の真上だった――魔術を解除した。

どぼん！　という音とともに水中に沈んだ蛇型の魔物たちは、慌てて水の上に這い上がろうとしたけれど、赤い水――に見えるほど寄り集まった赤い小さな水中生物に、取りつかれ始める。

〝シャシャ――！！〟

魔物は苦悶の声を上げたけれど、赤い生物たちは構うことなく、魔物の表面のそこここに張り付いていく。

そして、たちまち元の鱗部分が一切見えなくなるほど表面を覆われ尽くした2頭の魔物たちは、ゆっくりと水中に沈んでいった……。

「『黒百合の森に現れし緑の蛇は、赤き湖にて永遠に眠る』……か」

魔物が間違いなく水中に沈んでいったのを見届けた私は、遅ればせながら腰が抜けてしまい、ずるずると地面に座り込んだ。

やはり、『王国古語』の教科書に載っていたのは、救済のヒントだったんだわ、と側にあった切り株に抱き着きながら考える。

『黒百合の森』とは、黒百合を紋章とするフリティラリア公爵家の森のことで。

『緑の蛇』とは、先ほどまで対峙していた蛇型の魔物のことで。

『赤き湖』とは、湖の中の赤色の部分だったのだわ。

まさか、赤色というのが水中生物ということまでは、分からなかったけれど……、と考えを巡らせていると、今さらながら両手がぶるぶると震えてきた。

私は情けない思いで自分の両手を見つめていたけれど、ふと視線を感じて顔を上げる。

すると、信じられないものを見る目つきで私を見つめている兄とラカーシュがいた。

……ああ、私が風魔術を使用したので驚いているのね。

確かに16年間、火魔術一本槍だった私が、突然、風魔術を使用したら驚くわよね。

私だって、ルチアーナがなぜ火魔術を選択していたか分からないのだけど、資質があったのは風魔術だったと告白すべきよね。

……と、そこまで考えたところで、突然、頭の中に答えが浮かんだ。

なぜ、ルチアーナが火魔術を使用していたかの答えが。

けれど、それはあんまりにもあんまりな答えだったので、信じたくなくて思わず両手で口を塞ぐ。

……まさか、まさか、まさか、まさか。

いや、でも、本当に？　嘘《うそ》だと思いたいけれど。でも、きっと、そんな。

……エルネスト王太子の属性は火だ。

ルチアーナは憧れの王太子と同じ属性を身に付けたかった、ただそれだけの理由で火魔術を選択していたのだ。

「ルチアーナ――――！！！」

私は思わず、自分の名前を空に向かって叫んだ。

魔術属性の選択というのは、多くの人にとって、人生を懸けると言ってもいい選択のはずだ。

そんな選択において、『あこがれの人とお揃いの魔術になりたかったから』って……。

本当に、行動の全てがピンク色に塗りつぶされていて、自分自身だけど引くわ！！

情けない思いのまま、両手で顔を覆って俯いていると、ラカーシュの途切れ途切れの声が降ってきた。

「ダイアンサス……今の、君の……あれは、魔術ではない。……まさか、……まさかとは思うが……」

ラカーシュらしからぬはっきりしない物言いを不思議に思って顔を上げ、顔全体を覆っていた両手を少しだけ下にずらして覗き見ると、彼は片手で自分の胸元を握りしめ、何とも言い難い表情で私を見つめていた。

何とも言い難い表情――敢えて表現するならば、空想上の生物を思いがけず発見した、とでも言うような顔つきだろうか。

はああ、まあそうですね。

攻略対象者であるこの国（や一部近隣諸国）の上級貴族・王族・上職位者の全てから嫌われる悪役令嬢ですよ。こんなレアもの、滅多にいませんよねー。

そう思って頷いていたけれど、どうもラカーシュの様子がおかしい。

というか、ラカーシュの隣に立っている常に陽気な兄が、魔物を倒して命が助かったという饒舌《じょうぜつ》にならずにはいられないような状況で、押し黙っていること自体もおかしい。

な、何かしら……。

身構える私に向かって、ラカーシュは尋ねるように……心の底から知りたいことを尋ねるかのように、質問してきた。

「ダイアンサス、君は……『ユグドラシルの魔法使い』なのか……？」

「へっ？」

けれど、質問をされたであろう私には、質問の意味すら分からなかった。

◇　◇　◇

「『ユグドラシルの魔法使い』……？」

初めて聞く単語に思わず眉根を寄せると、兄の声が降ってきた。

「まぁ、おとぎ話の世界だな。この世界にはたった1人だけ『魔法使い』がいて、世界の安寧を保つために『世界樹《ユグドラシル》』の守り番をしている……そういう話だったか」

記憶を辿るかのような表情で回答する兄を見て、私は一気に身構える。

この1日、2日の付き合いで分かったけれど、兄の知識は半端じゃない。

そして、記憶力だって抜群だ。

単語を聞いてすぐに『世界樹《ユグドラシル》の魔法使い』の説明がでてくる辺り、兄がそのことについての情報を持ち合わせていることは間違いないだろう。

だというのに、あいまいな情報であるかのような言い回しを使用し、表情だって考え込むようなものを装っている。

これは絶対、何かを企んでいるに違いない。

そう考え、用心のために沈黙を守る私の前で、兄は言葉を続けた。

「ただし、驚くべきことに、そのおとぎ話はこの国の始まりを綴った『開闢《かいびゃく》記』に記されており、どういうわけか王侯貴族はその伝承を信じている」

「えっ、『開闢記』って……！」

おとぎ話から一転、突然国の、というか世界の成り立ちに関わるような話になってきたため、黙っていようと思っていたことを忘れ、驚いて声を上げる。

まって、『開闢記』って、世界の始まりから終わりまでを記録した書物じゃなかったかしら？

どうしてそんな重要書物に記載されている存在――しかも、兄の話によると世界で1人の存在である『世界樹《ユグドラシル》の魔法使い』かもしれないと、ラカーシュは私のことを考えたのかしら？

もちろん、違うに決まっていますよ！

そう自信を持って答えようと口を開きかけた私を見て、兄はきらりと目を光らせた。

「ルチアーナ、先ほどお前が使用した風の力だが、あれは魔術ではなかった。魔術は世界に紐づけられている。属性、レベルとナンバリング、魔術名の三つによって。それが完全に一致しない限り、魔術は決して発動しないのだ」

「えっ!?」

驚く私に構うことなく、兄は話を続ける。

「なのに、先ほどのお前のあれは……唱えられたのは属性のみだ。レベルとナンバリングの発声が省略された上に、魔術名に至っては誤っている。お前は適当にそれらしき名称をつぶやいたのだろうが、『風花』は雪魔術だ。水魔術の一派であって、風魔術ですらない」

「ぎゃふん！」

私は正に負け犬の鳴き声を発した。

ああああああ、いや、分かっていました。

私が魔術の使用方法を誤っていることは！

でもね、でもですよ。言い訳ですけど、私は今まで1度も風魔術を使ったことがなかったんです。

だから、一つだって風魔術の魔術名を知らないんですよ。

つまり、あの時は物凄く脳みそをフル回転させて、何とか頭の中に浮かんだ風魔術っぽい単語を適当に詠唱してみただけなんです。

上手く一致すれば発動してくれるかな、みたいな希望とともに。

レベルとナンバリングについても、そうです。

魔術名すら分からないのだから、対応するレベルとナンバリングなんて、もっと分かりません。

だから、適当に組み合わせてみようかとも思ったけれど、いやまて、不一致と省略とどちらがましだろうかと考えて、まだ影響が少なそうな省略を選んだんです。

私自身としては、あの短い時間で風の付く単語を思いついたことと、ちゃんと不一致と省略の可能性を比較してみたこと自体が、称賛に値すると思ったんですけどね。

そう長々と心の中で言い返してみたけれど、いや、これは完全に言い訳だわ、口に出さない方がいいだろうと判断し、心の中に留めておくことにする。

そんな私の長台詞を知らない兄は、沈黙を続ける私を不審に思ったのか、唇の端を歪めた。

「だから、お前が使用したのは魔術ではありえない。では、他の言葉であの超自然的な力を表現しようとしたら、……少なくとも私は、『世界樹《ユグドラシル》の魔法使い』という単語しか知らない」

「あの、その、お兄様……」

いつの間にか、会話の流れが私にとって非常によろしくないものになっていることに気付いた私は、話を打ち切ってもらえないだろうかと、思わず口を挟んだ。

ラカーシュは沈黙したまま会話の成り行きを見守っているし、兄は何かを見極めようとしている。勝負をしたことはないけれども、駆け引き能力においては、兄とラカーシュの方が私より何倍も上のような気がする。

そして、この会話の結論を出すことは、全く私のためにならないような気がする――全ての攻略対象者と距離をおきたい私にとっては。

だから、今すぐ会話を終わらせたいと思うのだけれど、私の都合などこれっぽっちも斟酌《しんしゃく》するつもりのない兄は、にやりと笑いながら指を2本立てた。

「さて、2択だ。一つ。お前は魔術の超天才で、今までとは全く原理原則が異なる独自の魔術を編み出した。二つ。お前は世界でたった1人の『世界樹《ユグドラシル》の魔法使い』である。……さて、どちらが私の心臓に優しいのか」

どちらも。

どちらも、お兄様の心臓には優しくないと思います。

あるいは、どちらであったとしても、お兄様は超然としていると思います。

迫りくる兄の笑顔に逃げ切れないものを感じ、何と答えたものかとだらだらと汗を流す私に対して、思わぬところから救世主が現れた。

つまり、城の方向から、聞いたこともないような奇声が聞こえてきたのだ。

「ふぎぎぎぎぎぎ――!!」

驚いて振り返ると、涙でぐちゃぐちゃの顔をしたセリアが、泣きながらこちらに走ってくるところだった。

◇　◇　◇

「お、お、おにいじゃま――、おにいざま――!!　ざま――!!」

涙でぐちゃぐちゃの顔をしたセリアは、転びそうな勢いで走ってきた。

つい先ほど、魔物から逃げるために必死で走り去って行った同じ道を、逃げた時と同じくらいの速さで戻ってくる。

普段はつんと取り澄ましていた表情も、眉がへにょりと下がり、困り切ったような表情になっていた。

セリアは走ってきた勢いのまま、どしんとラカーシュに体当たりする。

「……っ」

ラカーシュは僅かに顔を歪めると、喉の奥で声を噛み殺した。

そこで初めて思い出したけれど、戦闘中にラカーシュの足は、不自然に曲がっていたのだった。

そして、現時点のラカーシュは姿勢よく直立してはいるものの、よく見ると片足がおかしな方向にねじ曲がっている。

……え、まって。まさか、これは足が折れているんじゃないでしょうね？

だって、あの後もラカーシュは全力で走ったりしていたわよ。少なくとも、私が走るよりもずっと早く走れていたわ。

えええ、人間って酷い怪我をしたまま走れるものかしら？

そう思ってまじまじと見つめていると、横から兄が陽気な声を上げた。

「やあ、やっと痛覚が戻ってきたようだな。先ほどまでのラカーシュ殿は、鬼気迫る勢いがあった。公爵家の嫡子ともあろう者が、勝算の低い戦いに正面から挑むなんて普通じゃない。挑むべきやんごとなき理由があったのだろう。そして、その理由は、骨折の痛みを麻痺させるくらいには、深刻だったのだろうなぁ」

まるで他人事《ひとごと》のように言っているけれども、お兄様、あなたも由緒正しき侯爵家の嫡男ですからね。

公爵家には劣りますが、十分、誰もが認める上位貴族ですから。

そして、お兄様にはやんごとなき理由など一切、ありませんでしたからね。

……偽悪的なところがある兄なので、こんなことを言ったら不愉快そうな表情をされるだろうけれど、お兄様こそが「正義の味方」なのじゃないかしら。

心の中でこそりとそう考える。

そして、それぞれ理由は異なるものの、呆れた思いでラカーシュと兄を交互に眺めやった。

そんな私の目の前で、セリアはまるで幼子のように声を上げて泣き始めた。

「ふあああああああ、おにいじゃまあああああ――――!!」

ぎゅうぎゅうとラカーシュの胸元に顔を押し付けると、わあわあと大声を上げる。

ラカーシュは庇護《ひご》すべき幼い子どもを見るような表情で妹を見つめると、低い声で話しかけた。

「怖かったな、セリア。だが、安心しろ。あの魔物は湖の底に沈んで、2度と浮上してはこない。お前があの魔物に襲われることは2度とないのだ。同様に、どんな魔物が襲ってきたとしても、私が必ず退けよう。……お前は無事だ」

「ちが、ちが、ちが……」

「うん？　違わないよ。必ず私が守るから、お前は大丈夫だ」

こんな優しい声が出せるのかと思うような声で、ラカーシュは妹に語り掛けていた。

けれど、一方のセリアは兄の腕の中でぶんぶんと激しく首を横に振った。

「ちが、ちが、ちが……ち、違うんです。おにいじゃま……」

「何が違うんだ？」

セリアは落ち着こうと大きく数回深呼吸を繰り返した後、途切れ途切れながらも一生懸命といった様子で語り出した。

「先ほど……魔物から逃げようと、城に向かって走っている時、慌てていたため足がもつれて、転んだんです。そうしたら、そのタイミングで『先見《さきみ》』の力が発動して……おに、おにいじゃまが、転んでいる私に手を差し伸べてくれた未来が視えたのです！」

「……そうか。もちろん、転んでいる妹を前にしたら、手を差し伸べるだろうな」

淡々とそう答えるラカーシュに対して、セリアは否定するかのようにぶんぶんと首を横に振った。

「そうではなくて！　それから、未来のおにいざまは続けて言ったのです。……『信じられないな。自分の卒業式で転ぶなんて』って……！」

セリアの言葉を聞いたラカーシュは、瞬間的に氷漬けにでもなったかのように固まった。

かと思うと、数瞬後には、セリアの肩に置いていた手が小刻みに震え出す。

「……まさか……」

それだけつぶやくと、ラカーシュは絶句した。

セリアの目からは新たな涙が次々に零れ始め、号泣し始める。

「わあああああん。おにいじゃまあああ。私、学園をそづぎょうできるんですわああああ」

本格的に泣き出したセリアを前に、私はそっと目を逸らした。

ラカーシュとセリアが他人には分からない会話を交わし始めたので、聞いてはいけないものを聞いているような居心地の悪さを感じたのだ。

特に、先見うんぬんの話については、完全に秘匿情報だと思う。

先日兄がさらりと話していたので、ラカーシュの一族にその稀有な能力が引き継がれていることは開示情報だろうけれども、セリアがその稀なる能力の担い手であることは聞いたことがなかった。

多分、こちらは外に出していない情報だと思われる。

けれど、兄は全く気にしていないようで、興味深げな表情で堂々と2人を見つめていた。

私はそんな兄に躙《にじ》り寄ると、こそこそと小さな声で話しかける。

「お兄様、ラカーシュ様たちはお取込み中のようですから、ここら辺りでお暇するのはどうでしょう？　ユーリア様をあまりお待たせするわけにもいきませんし」

「む、その通りだな」

私の言葉に軽く目を見張った兄を見て、ほっと胸を撫《な》でおろす。

……よ、よかった。兄が何よりも女性を優先するタイプで。

私のことを追及したい気持ちはあるのだろうけど、お兄様はきっとユーリア様への礼儀を優先するわ。

そう考えた私の予想通り、兄はラカーシュとセリアに向き直ると声を掛けた。

「ラカーシュ殿、セリア嬢、お取込み中のところに割り込んで申し訳ないが、我々はこれにてお暇するので、一言ご挨拶を申し上げる。滞在中は色々とおもてなしいただき感謝する。では、また学園にて」

兄の声にはっとしたように振り向いたセリアに対して、私は可能な限り優し気な表情を作ると、軽く頭を下げた。

どさくさに紛れて、これにて解放してもらおうと思った私の浅知恵だ。

けれど、浅知恵というのはどこまでも浅知恵で。

結局、上手くいくことはないのだ。

実際、全く想定外なことに、これで逃げられると思った私の予想を裏切って、セリアはラカーシュをあっさり振り切ると、私の腕の中に飛び込んできた。

「へ!?」

それこそ意味が分からない。

セリアは私を邪魔者だと思っていたのではなかったか。

そう不思議に思い首を傾げたけれど、セリアはぎゅうぎゅうと私に縋りつくと、泣きながらお礼を言ってきた。

「ルチアーナさまああああ！　ありがとうございます！　ありがとうございます！　ありがとうございますうううう!!」

「え……と、セリア様？」

「ルチアーナ様のおかげで、私は定められていた死の運命から逃れることができたんですうう!!」

セリアの言っている意味が分からない。

けれど、ぽかんとしている私に向かって、今度はラカーシュまでもがお礼を言ってきた。

「ダイアンサス侯爵令嬢、あなたの行為に心から感謝する」

……一体、何についてでしょうか??

私は思いっきり首を傾げた。

あまりに理解できなさすぎて、理解している表情を繕うことを放棄する。

そして、私の表情通り、頭の中では多くの？マークが飛び交っていた。

◇　◇　◇

セリアはごしごしと乱暴に目元をこすると、溢れ続けている涙を止めようと苦戦していた。

成功しているとは言い難かったけれど、きゅっと口角を上げると無理やり笑顔らしきものをつくる。

……あら、可愛らしい。

素直にそう思った。

目も鼻も真っ赤で泣き濡れているのに、何とか笑顔をつくろうとしている健気《けなげ》さにきゅんときたのだ。

思わずセリアのサラサラの髪を撫でる。

すると、セリアはびくりと体を強張らせ、その目から再び涙を零し始めた。

……あ、あれ？　私が髪を撫でたせいで、セリアが再び泣き出してしまった？

ああ、せっかくセリアが泣き止もうとしていたのに、余計なことをしてしまったわ。

私は思わず自分の右手を見つめて行動を反省したけれど、セリアはそんな私を涙がいっぱいたまった瞳で見つめて、にこりと微笑んだ。

ぐはっ。美少女、可愛い……。

「ルチアーナ様、ああ、ルチアーナ様！　何度でも、何度でも、お礼を言わせてください！　本当に、本当にありがとうございました！」

「えーと……」

セリアの勢いに圧倒されてしまい、何と答えたものかと言葉に詰まる。

どういたしましてと返事をすれば収まりがつくような気もするけれど、そもそもお礼を言われる意味が分からない。

先ほどの魔物を倒したことのお礼かなとも思うけれど、主力として戦っていたのは兄とラカーシュで、私は最後にちょっと手助けをしただけだ。

しかも、私が風魔術を発動させた際には、セリアはこの場から走り去っていたので見ていないはずだ。

だから、セリアがお礼を言っているのは、あのシンプルな魔術陣を展開させたことについてなのかしら？　と思うけれど、それにしては大袈裟すぎる気がする。

セリアが目にした範囲では、どうしたって兄とラカーシュの方が活躍しているだろうに、どうして私にだけお礼を言ってくるのかしらと小首を傾げたところで、セリアがはっとしたように目を丸くした。

「あっ、すみません。ルチアーナ様にとって、理解できないことを申し上げていますよね。あの……少し長くなりますけど、私の話を聞いていただけますか？」

「ええ、もちろんです」

私はこくりと頷いた。

先ほどから、私の頭の中では？マークが飛び交っているのだ。

説明してもらえるのならば、どれだけでも聞く用意はできている。

ただ、長話になるというのならば、場所を移すのはどうだろう。

ラカーシュの足はどう見たって不自然に曲がっているし、立ったまま聞くのは負担じゃないのだろうか。

そう思って、ちらちらとラカーシュの足を見ると、彼は何でもないことのように片手を上げた。

「ダイアンサス侯爵令嬢、私の状態をお気遣いいただいて感謝する。が、この程度の傷ならば、治癒魔法で完治するし、緊急性を要するものではない」

　確かにラカーシュの顔色は普段通りだし、声にも痛みを堪えているような様子は見られなかったけれど、「その程度」の傷と片付けていいものかしら？

　でも、本人の言葉だし……。

　などと考えていると、兄が横から口を出してきた。

「ルチアーナ、男性は女性の前で見栄を張りたい時がある。見て見ぬふりをすることも、淑女のマナーだと思うが？」

　思ってもみない内容を指摘されて、私ははっとして兄を振り返った。

　なるほど！　女性に対して見栄を張る！

　前の人生において、1度も男性から見栄を張られた経験がなかったので、男女間でそのような状況が存在するということに、初めて気付かされる。

……さすがです、お兄様！　恋愛特化型の脳を持っているだけのことはありますね。教えていただいて、ありがとうございます。

　心の中で兄にお礼を言った私だったけれど、どちらにしてもラカーシュの発言は、私に対して見栄を張るということではないだろうと考える。

　ただ、ラカーシュが礼儀正しいのは間違いないので、怪我の治癒を含めた個人的な用事を、客人である私たちの扱いよりも優先させることは、礼儀的に問題だと考えての発言かもしれないと、思い至る。

それに、よくよく考えると、このまま城に戻ったならば、ラカーシュは怪我の治療に回され、セリアは泣き濡れた顔を人様に晒すことはならないと化粧係に回され、兄と私はユーリア様とともに帰宅用の馬車に乗せられるのではないだろうか。

セリアが話をしたい、私たちが聞きたいというのならば、この場で済ますことが１番適切なのかもしれない。

そう思ってセリアに向き直ると、彼女は申し訳なさそうに口を開いた。

「あの、私の話の中には、皆さんがご存じの話も含まれているかもしれませんが、お許しくださいね」

「勿論《もちろん》ですわ、セリア様。私が理解できるようにと、丁寧にご説明されようというのでしょう？　お心遣いに感謝いたしますわ」

そう答えると、セリアは少し頬を赤らめながら、ゆっくりと口を開いた。

「ルチアーナ様もご存じの通り、魔力の系統は血によって継承されます。稀なる特質も同様です。そして、……我がフリティラリア公爵家は、代々『先見《さきみ》』の能力を継承してきました。とはいっても、非常に稀な能力で、１００年に１人くらいの頻度でしか顕現しないものですが。私は……その先見の能力を一族から引き継ぎました」

先ほど私が盗み聞いていた内容と同じものを、セリアは口にした。

……ええと、盗み聞いていた私が言うのも何ですけれど、セリアが先見の能力者というのは、フリティラリア公爵家にとって結構な秘匿情報だと思うのですが。

それを、兄や私といった部外者に、こんなに堂々と口外してもいいものでしょうか？

そう思う私を知らぬ気に、セリアは話を続ける。

「私は家族中から祝福されました。誰もが１００年ぶりに顕在した稀なる能力を称賛し、その使い手である私を認めてくれたのです。先見は起きている時、眠っている時に関係なく現れます。突然、ふっと頭の中に未来の映像が浮かび、……それは、絶対に当たるのです」

稀有な能力に恵まれた話をしているはずなのに、セリアの表情はいつの間にか、悲しげなものに変わっていた。

「……初めのうちは、何て素敵な能力を手に入れたのだろうと、素直に喜んでいました。未来のことが分かるならば、未来をより良いものに変えることができるのだと、そう信じていたのです。けれど、……二つの事実が、私を打ちのめしました」

言いながら、セリアは震える手で髪をかき上げた。

美しい黒髪がサラサラとセリアの頬に零れ落ち、その表情を覆い隠す。

「一つは、未来は決して変えられないということです。私が視た未来には、悲しい出来事や、恐ろしい出来事もありました。ですから、なんとか回避すべく、兄にも協力してもらって色々と手を尽くしたのですが、……その場では避けられたように見える出来事も、結局、一つだって結末を変えることはできませんでした。私が視た未来の出来事は、決して最終的な結末を変えることができないのです」

そこで、セリアは髪の間からチラリとラカーシュを覗き見た。

ラカーシュは無言のまま妹を見つめていたけれど、話の内容のせいか、彼の無表情の中に苦し気な色が見えた気持ちになる。

2人のやるせない気持ちに触れたように思われた私は、思わず口を差し挟んだ。

「……本当にそうなのですか？　先見の内容は絶対に絶対なんですか？」

未来が変えられないとするならば、先見の能力は何のためにあるのだろう？

未来を視ること自体に、価値を見出すべきということなのかしら？

そう思い首を傾げる私に対して、セリアは丁寧に説明をしてくれた。

◇　◇　◇

「兄は未来を変えることは誰にもできないと言いました。兄の表現を借りるのなら、……たとえば、『10』という結論は、あらかじめ決まっているのだと説明されました。つまり、元々、『5＋5』だったものを、『5×2』に、もしくは『4＋4＋2』に変えることはできるけれども、どの式を辿ったとしても、結果は『10』になるのだと。私たちにできることはルートを変えることだけで、終着点を変えることはできないのだと、そういう説明でした。最初は反発していたけれど……兄の言う通りで、1度だって結末を変えることはできませんでした」

説明を行うセリアの表情は落ち着いていて、『未来を変えることができない先見』という能力を、理解して受け入れているように思われた。

対する私は、初めて聞く話に複雑な気持ちを覚える。

「……そう、なのですね……」

ラカーシュは有能だし、魔力も強い。

そのラカーシュが全面的に協力して、どうにもならなかったというのならば、実際に未来は変えられないのかもしれない。

けれど、そうだとしたら、セリアの能力は彼女にとって非常に残酷なものではないのだろうか。

救う方法がない悲劇を見せられるほど、辛いものはない。

セリアは何度も、何度も、苦しい思いをしたに違いない。

そう思って、思わず私の方が泣きそうな気持ちになったけれど、当のセリアは吹っ切れたような表情をしていた。

「大丈夫ですよ、ルチアーナ様。昨日今日に授かった能力でもないし、長年かけてそういう力なのだと受け入れてきたので平気です。ただ……もう一つの事実については、受け入れることに相当な時間を要しましたけれど。つまり、……視ることができる未来は、私が14歳の時までであるという事実は」

「14歳、ですか……？」

私たちが通うリリウム魔術学園は、15歳になる年……つまり、14歳から入学できる。

女性の場合はほとんどの者が15歳になる年に入学するので、1年生であるセリアはちょうど今が14歳じゃないかしらと思っていると、私の心の声が聞こえたかのようにセリアがこくりと頷いた。

「ええ、私は14歳です。……私が先見の能力に目覚めたのは7つの時で、その年には既に、10歳の自分や14歳の自分を視ていました。『あら、私はこんな顔になるのね』だとか、『こんなご友人ができるのね』だとか、その頃は楽しく未来を視ていたんです。けれど、8つになっても、9つになっても、10になっても、……何年経過しても、私が視ることができるのは、14歳までの自分でした」

「セリア様……」

私は口を開きかけたけれど、続ける言葉を見つけることができず、そのまま口を閉じた。

『セリアは14歳で魔物に襲われて命を落とす』

――それが、定められていた未来だったとしても。

繰り返し、繰り返し暗示されるとしたら、それはどんなに苦しいことだろう。

どんなに恐ろしく、怖いことだろう。

逃げ出したいほど怖いと思う未来が待っていて、なのに、……一切の逃げ道が見つからないとしたら、それはどれほどの恐怖だろう。

　私は思わず、腕の中にいるセリアをぎゅっと抱きしめた。

　セリアは泣き笑いのような表情を作ると、「私には兄がいてくれたから」と小さくつぶやいた。

「兄はいつだって側にいてくれて、『お前を守る』と言ってくれたんです。実際に今日だって、体を張って助けてくれました。だから……だから、私は1人ではないと思うことができました……」

　セリアは視線を落とすと、地面を見つめた。

　それから、ぱちぱちと何度か瞬きを繰り返すと、震える唇を開く。

「14歳になった時、……私は未来を視ることができなくなりました。先見の力が消失したかのように、一切の未来を視ることができなくなったんです。そこで、……私は気付きました。誰に言われなくても、自分ではっきりと分かったのです。……私は15歳になることなく、死ぬのだということが」

　セリアの後ろに立っているラカーシュが、セリアの言葉にくっと唇を噛みしめるのが見えた。

　私は何とも言葉を差し挟むことができず、沈黙を守る。

　セリアは震える声で、話を続けた。

「……私は自分に言い聞かせました。『私は幸せだ』と。『あらかじめ死期を知ることができるのだから、大好きな人たちにお別れを言う時間が持てる。準備ができる』って。でも……それは嘘で、本当は、死にたくなかった。怖くて……まだ、まだ、みんなと一緒にいたかったんです」

段々とセリアの声が乱れてくる。

「一方では、それが叶えられない望みだということも分かっていて……だから、もう、私は兄と一緒にいられないのに、ルチアーナ様は続く未来にずっと、兄と一緒に話をしたり笑ったりできるのだと考えると悔しくて、学園で意地の悪いことをしました。本当にごめんなさい」

セリアはぺこりと頭を下げた。

私は何とも答えようがなくて、もう1度セリアを抱きしめると、ぽんぽんと軽く背中を叩いた。

セリアは私の肩口に額を乗せて表情を隠すと、くぐもった声を出した。

「私は本当に自分でも嫌になるくらい臆病者で、生にしがみついていて……。先ほどの魔物は、私を襲ったのだと思います。あれが、私が死ぬべき運命のタイミングだったのです。だから、私が死にさえすれば、他の皆さんは助かったのでしょうけど、……私は自分を差し出すことができずに、逃げてしまった。そして、その先で二つの『先見』をしたのです」

「……どんな未来を視たのかしら？」

私はできるだけ優しい声を出すと、セリアの話を促した。

「一つは、私の卒業式の未来で……今まで1度も視ることがなかった、私が17歳になった姿です。そして、もう一つは…………ルチアーナ様、あなたが風魔法を使用して、魔物を討伐する未来でした。時間的には、ルチアーナ様が魔物を討伐した時間よりも、ほんのわずかだけ前に視たのでしょうけれど、その時の私にとっては未来で、……そして、初めて見る色鮮やかな景色でした」

セリアは顔を上げると、溢れ出でる感情を押さえつけるかのように苦し気に胸を押さえた。

「私が視る先見は、白黒のモノクロームの世界なのです。未来の景色、未来の人々を正しく視るのだけれども、そこに色はなく、灰色の世界でしかありません。けれど、……ルチアーナ様が視えた途端、その景色が極彩色に変わったのです。……私の世界に初めて色が付き、それは、それは美しかった。だからこそ、私は気付いたのです……ああ、これが運命を切りひらく景色なのだと。ルチアーナ様は未来を変えることができるのだと」

そう言いながら私を見つめるセリアの瞳は、涙を零しながらも、きらきらと輝いていた。

【SIDE】フリティラリア公爵家ラカーシュ

「運命は、覆せないものだ」

私、ラカーシュ・フリティラリアは、『先見』の能力を継承する一族の1人として、誰よりもそのことを理解していた。

――私が12歳の時、わずか7つの妹が『先見』の能力を顕現させた。

先見は私たち一族が、その血統の下に守り続けた、稀有にして貴重な能力だ。

「未来を見通すことができる力など、人の身に与えられる能力としては度を過ぎている」

「超越した能力は、同様の犠牲を必要とする」

「妹のセリアは過大なる力を与えられた分、苦しむだろう」

……そんな風に、妹の力が顕現した時から懸念していた私の心配は、現実のものとなった。

妹の強大すぎる力への代償が、『期限付きの命』であることが判明したからだ。

妹が視る先見の内容から、先んじてそのことを理解した私は、セリアを甘やかした。

彼女の時間は限られている。

ならばせめて、楽しいと思う時間を、喜ばしいと思う時間を、少しでも長く持ってほしいと思ったからだ。

けれど、私の行為は父に否定された。

「それは、お前の若さゆえの感傷だ。セリアは先が短い。ならば、未練を残さないように、この世界には楽しいことなどないのだと教え込むことが肝要だ。それでこそ、『先見』の能力も正しく行使されよう」

――父の言うように、私は若いのだろう。

経験が不足しているので、父の言うことが理解できない。

「短い生であるからこそ、楽しいことを数多く経験してほしい」

どうしても、私の考えはそこに行きついた。

12歳の私は既に帝王学を学んでいる最中であったため、使用できる時間は限られていた。

そのため、空いた時間をかき集めて、あるいは、自分の役割や授業をすっぽかして、セリアと同じ時を過ごせるよう努めた。

妹が幼いうちは、山へ連れ出して甘い木の実を採ったり、川へ連れ出して魚を獲ったりした。

セリアは公爵令嬢としては考えられないほど日焼けしたり、大口を開けて屈託なく笑ったりしていた。

7歳でしか楽しいと思えないこと、8歳だから楽しいこと、9歳からできる楽しみ。

その年齢でしか楽しめないことを、十分に与えてやりたかった。

セリアが長じてからは、街へ連れ出して人気の甘味店を巡り、妹が望むままに甘味を食べ比べたりした。

流行のドレスを作らせ、出来上がるまでの時間を楽しみ、届いたら着用させて共にダンスを踊った。

「お兄様、楽しいです」

私と踊りながら、14歳になった妹が嬉しそうに目を細めて笑う。

そんなセリアの姿を見て、「よかったな」と答えながらも、胸の中に小石が一つ、また一つと詰められていくような苦しさを感じていた。

――妹の生は短い。

確実に、私よりも早くこの世を去るだろう。

だから、せめて少しでも幸福な生であるようにと、妹が喜ぶ機会を増やしてみるけれど、私にできることはそれだけだった。

『偽善』『偽善だ』

そう、心の中で声がする。

『セリアの望みは、華やかなドレスを着て踊ることなのか？　……違うよな？』

私を責める声がする。

『セリアの望みは15歳になることだ。叶えてやれようぅ、お兄ちゃん？』

明確な意思を持って、私を断罪する。

――その通りだ。

――妹の望みは「生きたい」ということで、外遊びもケーキもドレスも全部、私の自己欺瞞《ぎまん》のための行為だ。

――たった一つの妹の望みすら、私は叶えてやることができないのだ。

そのことを自覚しながらも、妹のわずかな笑顔を引き出すために、場当たり的な行為を繰り返す。

……ああ、なんと無意味で、偽善的な行為か。

自覚している分、胸の中に罪悪感が降り積もる。

妹が「楽しかった」と笑顔になる度に、「ありがとう」とお礼を言われるたびに、胸の中に石を一つずつ詰められている気持ちになる。

なぜなら、私が行っているのは、妹がたった一つと望んだことではないのだから。

幼い頃、妹はぽつりと言った。

「長生きしたいな」

――そう、確かに言った。

けれど、妹が視た未来に何度私が挑んでも――………。

『お兄様、私の従魔が魔物に襲われて、殺されます。助けてください！』

『ああ、助けよう』

——確かに、セリアの従魔を魔物から守ることはできた。

けれど、魔物に襲われた際にかかった『呪い』で、従魔は命を落とし……。

『お兄様、ご友人の乗った馬車が崖から転落し、友人は大怪我を負います。助けてください！』

『ああ、助けよう』

——フリティラリア公爵家の名前を使った要請だ。セリアの友人は旅程を変え、馬車が事故に遭うことはなかった。

けれど、旅行先の川でセリアの友人は橋から落ち、重度の怪我を負って……。

妹が視た未来に何度私が挑んでも、1度だって結末を変えることはできなかった。

「どうして？　どうして、未来は変わらないの？　だったら、私の力は何のためにあるの!?」

幼い頃、セリアは取り乱して叫んでいた。

耳に優しい言葉で妹を慰めながらも、私自身も自問していた。

「なぜだ？　なぜ、未来を変えられない？　セリアが視る悲劇を変えるために、私はここにいるのではないのか!?」

けれど、何度も変えられない未来を繰り返すうちに、いつしか妹は「変わらない未来」を受け入れるようになった。

『先見』の未来は、絶対に当たる避けられないものだと、そう理解したのだ。

……諦念とともに、私が理解したのと同様に。


そして、何度も、何度も、悲しくも残酷な、自分が視た通りの未来を現実として受け入れざるをえなかった妹は、……いつしか真の望みを口にしなくなった。

セリアが「長生きしたい」と口にすることは、2度とないだろう。

なぜなら、……それは叶えられない望みだと、妹は知ってしまったのだから。

証明したのは私だ。

何度も何度も私は挑み、全力で妹が視た悲劇的な結末を変えようとしたけれど、1度だってそれは叶わず――逆説的に、運命は変えられないということを証明したのだ。

セリアに絶望を与えたのは、彼女の死が逃れられないものであると立証したのは、私だ。

――ああ、父が言うように、私は若いのだろう。

傲慢なまでに。

自分の力を知らず、『先見』の能力の絶対さを理解せず、存在しなかった希望を妹に見せた。

——それは、結局のところ、数倍の絶望になって戻ってくるというのに。
それなのに、私はどこまでも偽善的で。
セリアが一瞬でも微笑むような、刹那的な楽しみを運び続ける。
自分の無力さを自覚し、打ちのめされているにもかかわらず、まだ虚勢を張り続ける。
王国の筆頭公爵家であるフリティラリア家の嫡子だと、顔を上げるのだ。
多分、これは贖罪《しょくざい》なのだろう。
絶望的な未来しかない妹に、その絶望をより深く理解させた私の、せめてもの贖罪。
……セリアが死ぬ瞬間まで、自分の兄は立派だったと誇っていられるように。

だからこそ、私は誰よりも気高く、慈悲深く、弱き者を助ける存在であるよう努めた。
顔を上げて。前を向いて。
できぬことは一つだってないのだと、自分に言い聞かせた。

——実際は、ただ1人の妹すら救うこともできないほど無力であるにもかかわらず、強く、何だってできるのだという強者の仮面を被《かぶ》り続けることを、私は自分に強要し続けたのだ。

愚かなことに。
滑稽なことに。

◇　◇　◇

ダイアンサス侯爵令嬢のことは、正直、好ましい存在だとは思っていなかった。

王太子であるエルネストにつきまとい、彼の時間を無駄にしている。

それなのに、そのことに気付いてもいない言動が目に余っていた。

女性は例外なく敬うものだと教えを受けていたにもかかわらず——彼女自身も上位貴族の一員であるというのに、自分の価値を正しく認識できず、過剰評価しているダイアンサス侯爵令嬢のことを、心のどこかで蔑んでいた。

そして、彼女はそのことを薄々感じ取っていたはずだ。

特に、数日前にはダイアンサス侯爵令嬢に対して直接辛辣な発言をしたので、私が彼女へ抱く負の感情について、間違いなく理解していただろう。

にもかかわらず、彼女はわざわざ私に近付いてくると、セリアのことを忠告してくれた。

『フリティラリア公爵の誕生祭の期間中、魔物がセリアを襲うので気を付けろ』と。

愚かしいことに、忠告を受けた私は、ダイアンサス侯爵令嬢の言葉をこれっぽっちも信じていなかったのだけれど。

なぜなら、セリアが14歳で亡くなるだろうということは、我が家だけの秘匿情報だったのだから。

それは、王太子であるエルネストにすら知らせていない情報だった。

そのため、第三者がそのことを知っている可能性など、万に一つもないと信じていた。

結果、ダイアンサス侯爵令嬢の言葉は真実ではなく、質《たち》の悪いいたずらだと思ったのだ。

前日に彼女から観劇に誘われていたこともあり、私の気を引きたいのだと――エルネストへの当て馬としての役割を与えられようとしているのだと、私は考えた。

けれど、後になって思い起こしてみると、彼女は間違いなく、予《あらかじ》めセリアに起こることを予見していたのだと思わされた。

なぜなら、私たちですら知り得ていなかった、セリアが襲われる時期と相手を言い当てたのだから。

そのことを理解すると、私を観劇に誘ったこと自体が、我がフリティラリア領地の城から……つまり、魔物から、私を遠ざけようとした行為であっただろうことが推測された。

にもかかわらず、実際に誘われた際には気付きもせず、彼女の行為に不愉快な感情を覚えていたというのだから、私の未熟さは筆舌に尽くしがたい。

愚かなる私は、ダイアンサス侯爵令嬢から忠告を受けた際、誘い自体を下心付きの悪巧みと信じていたのだ。

しかし、一方では、偶然のように思える出来事同士が複雑に絡み合うことを知っていたため、彼女の忠告には根拠がないと思いながらも、セリアの護衛を増やした。

結局のところ、魔物と対峙した時のセリアは護衛を振り切っていたので、増援させた意味は全くなかったのだけれど。

――けれど、その時に思ったのだ。

『ああ、やはり結末は変わらないのかもしれない』と。

あれだけ増やしていた護衛も、魔物と対峙した際には側にいないではないか。

やはり、運命は覆すことができないのだと、頭のどこかでちらりと思ったのだ。

妹の命が懸かった場面だというのに、これまでの経験から冷静に分析をしてしまったのだ――負の結論に至るべき分析を。

戦いにおいて、気概は重要なファクターだと分かっているのに、勢いを削《そ》ぐことにつながる結論ですら、冷静に導き出す。

――これは、自覚している私の欠点だった。

セリアと血のつながった、実の兄がこの体たらくだ。

血縁関係もない人間なら、推して知るべしだろう。

そう思うような状況にもかかわらず、ダイアンサス侯爵家のサフィア殿は恐ろしく有能だった。

なぜなら、我が家の優秀な護衛の誰もが気付かなかった危機を察知して、脱出口を作成してくれたのだから。

とぼけたような口調で話していたが、実際は、私が発動した攻撃魔術を感じて、駆けつけてくれたのだろう。

同様に、私たちが発していた魔術から立ち位置を把握したうえで、影響がなさそうな場所を的確に選び、地面ごと城の壁を吹き飛ばしてくれたに違いない。

彼が発動した魔術は緻密な上に威力も大きく、将来、サフィア殿が国の重鎮になるだろうことは間違いなかった。

そのように将来を嘱望される身であるにもかかわらず、命の危険がある場面で、ほとんど交流もなかった私と妹のために最後まで踏み留まり、戦ってくれた。

間違いなく、彼がいなければ、魔物を倒すことはできなかっただろう。

優秀な上に情けを知る人物だとは、何と尊ばしい者だろう。

彼には感謝しても、し足りることはない。

そして、それは、彼の妹であるダイアンサス侯爵令嬢についても同様だった。

ダイアンサス侯爵家のご令嬢の魔術が、上級貴族としては恐ろしく出来が悪いという話は有名だった。

実際に魔物と対峙した際、彼女が披露した初級の火魔術は、威力が弱い上にコントロールも悪く、敵に当たることなく弾けて消えた。

……これが、彼女の全力なのか？

初めて目にした彼女の魔術が想像以上の出来の悪さだったため、驚いて彼女を見やると、その手足は目に見えて分かるほどに震えていた。

呼吸すらままならない感じで、ぜいぜいとした彼女の呼吸音が、離れている私にも聞こえるほどだった。

こんな状態ではコントロールが定まらず、魔術が当たることは決してないだろう。

そう判断し、逃げることを促したにもかかわらず、彼女はその場に留まった。

たとえば、彼女の兄のように魔力が高ければ、留まって戦おうとする気持ちは理解できる。

けれど、彼女のように対抗する力もなしに留まろうとする行為は、理解できないものだった。

彼女には、何事も成すことができない。

この場に留まったとして、できることといえば、ただ己のひ弱さを実感し、全身を恐怖の感情に染め上げることだけだ。

不可思議に思う私の前で、ダイアンサス侯爵令嬢はセリアを庇うような動作を見せた。

自らを盾にするかのように動いたのだ。

――私は、ずっと。

他者を守るのは、強者の義務だと思っていた。

同時に、強者の特権であると。

そう信じていた私は、何と傲慢だったのか。

ダイアンサス侯爵令嬢は、愚かなる私の目の前で、実際に証明してみせた。

強者が他者を護るのではなく。

自分を守ることすら覚束《おぼつか》ない弱者が、他者を護ろうとすることを。

――それは、私が初めて見た光景で。

最上位の貴族令嬢として生まれたセリアですらできない、尊ぶべき行動だった。

そのような行動を自然に行える者だからなのか。

だからこそ、希望とともに稀有な力が与えられたのか。

呆然とする私の前で、ダイアンサス侯爵令嬢はその力を披露した。

『魔法使い』として、比類するものもない、絶大にして全く異色なる力を――……。

◇　◇　◇

「風魔術―風花！」

ダイアンサス侯爵令嬢が魔術らしきものを唱えた瞬間、私は思わず彼女を振り返った。

恐怖で錯乱したのかと、咄嗟に思ったからだ。

魔術は生まれた時からずっと、私たちの身近にあるものだ。

その使用方法を間違えるなど、あり得ないことだった。

属性、レベルとナンバリング、魔術名の三つが一致しない限り、魔術が発動しないことなど、幼い子どもでも知っている。

その基本動作すら間違うとはと、彼女の精神状態を心配したのだが……。

けれど、驚愕すべきことに、ダイアンサス侯爵令嬢が魔術の発動手順を誤ったにもかかわらず……彼女の発声に従い、風を伴った超自然的な力がその場に発生した。

ほとんど無風状態であった周囲の空気が動き出し、吹き荒れ、大気を揺らしたのだ。

――――これは、何だ?

突然発生した風の力が、落下しかけた魔物を再び空中に持ち上げるのを目の前にして、私は息を飲んだ。

……この力は、魔術ではない。

ダイアンサス侯爵令嬢は完全に、魔術の発動手順を誤っていた。

だから、魔術でないことは疑いようもないのだけれど。

では、この力は……?

私が必死に常識と知識をかき集め、現状を理解しようと努めている間に、件《くだん》の魔物は彼女の力によって、湖に沈んでいった。

これまでの経験から、再び魔物が湖の底から這い上がってくるのだろうとしばらく身構えていたけれど、2頭ともに浮かんでくることはなかった。

どれだけ湖を見つめていても、湖面が風に揺れるだけで、魔物が再び姿を現すことはなかったのだ。

……どういうことだろう？

ダイアンサス侯爵令嬢が指定した湖の赤い部分に意味があり、どういった偶然か、魔物は戦闘不能状態になったのか？

いや、しかし、その場では回避できたように見える悲劇も、結局は形を変えて襲ってくるというのが常套《じょうとう》で……。

浮かび上がってこない魔物を不思議に思いながらも、セリアには別の形で悲劇が襲うのかもしれないと心配になる。

しかし、妹は既に城まで辿り着いているはずだ。今すぐに襲われる心配は薄いだろう。

それよりも、今気になることはダイアンサス侯爵令嬢の能力だった。

彼女が発動させたのは、魔術ではなかった。

彼女は世界とつながらなかった。

彼女は世界から力を借りていない。

では、……どこから力を得たのだろう？

あり得ないと思いながらも、『魔法』という単語が頭をよぎる。

それは、ほとんどおとぎ話の世界だった。

魔術を使用する際には、必ず世界と接続する必要がある。

解明された原理原則に従って紐付けられた手順に従うことで、術者は世界とつながるし、その力を借りることができる。

けれど、ダイアンサス侯爵令嬢は、その原理原則に従わなかった。だとしたら……。

――可能性は一つだけ。

――『魔法』だ。

――魔法とは、世界に今まで存在しなかった法則を生み出す御業《みわざ》とされていた。

――世界と関連付ける必要など一切ない、説明できない不思議なこと。

まさかという思いで彼女を見つめていると、彼女の兄のサフィア殿が丁寧に、『世界樹《ユグドラシル》の魔法使い』の説明を始めた。

けれど、説明をされているダイアンサス侯爵令嬢は、初めて聞く話のように驚いている。

選ばれた存在である者が、己自身が選ばれていることに気付いていないということは、あるのだろうか？

そう不思議に思っていたところで、セリアが駆けてきた。

見たこともないほど泣きじゃくっている。

ああ、怖かったのだろう。多分ここが、自分が殺されるタイミングだと思い、心の底から怖かったのだろう。

抱きとめて慰めようとするが、どうも様子がおかしい。

異常なほどに興奮している。

訝しく思う私に対し、セリアは17歳の自分を視たと言い出した。

「……まさか……」

言いかけた言葉が、喉の奥で詰まる。

『運命は、覆せないものだ』

長年、自分に言い聞かせてきた言葉が蘇る。

――運命は覆せない、――そのはずだ。

私自身が長年懸けて証明してきた命題、ではないか。

挑んでも、足掻《あが》いても、泣き喚《わめ》いたとしても、決して運命は変わらないと、他ならぬ私自身が証明し続けてきたのだ。

混乱し、現状を上手く把握できない私とは異なり、セリアはダイアンサス侯爵令嬢に向き直ると、『先見』を視たと説明を始めた。

――ダイアンサス侯爵令嬢についての先見を視たと。

セリアは言った。

「私が視る先見は、白黒のモノクロームの世界なのです。未来の景色、未来の人々を正しく視るのだけれども、そこに色はなく、灰色の世界でしかありません。けれど、……ルチアーナ様が視えた途端、その景色が極彩色に変わったのです。……私の世界に初めて色が付き、それは、それは美しかった。だからこそ、私は気付いたのです……ああ、これが運命を切りひらく景色なのだと。ルチアーナ様は未来を変えることができるのだと」

その言葉を聞いた瞬間、すとんと答えが胸に落ちた。

……ああ、そうなのか。

やはり、ダイアンサス侯爵令嬢は、『世界樹《ユグドラシル》の魔法使い』なのかと。

本人に自覚がなくとも。

彼女が行使しているのは世界の理《ことわり》の外にある力で、だからこそ変えられない運命に干渉することができるのだ。

たとえ力がなくとも、他者を救おうとした尊ぶべき心根のご令嬢は、真に尊ぶべき力の所有者であったのだ。

『世界樹《ユグドラシル》の魔法使い』

——それは世界で1人だけの、運命を変えることができる者の呼称だった。

5 フリティラリア公爵の誕生祭 2

どういうわけか。

セリアが私の『先見』をし、その先見に色が付いていると説明を始めた途端、ラカーシュがはっとしたように息を詰めた。

それから何か言いたげに口を開き、思い直したように閉じる……という行為を繰り返す。

何をやっているのかしら？

そう不思議に思ったけれど、『まあいいわ、セリアが助かったことだし、ここから先はラカーシュとは他人だわ』と（注：元々他人です）、彼についてはあまり気にしないことにする。

それよりも、私にすがりついて泣きじゃくるセリアの可愛らしいことといったら。

私はぎゅうぎゅうとしがみついてくるセリアを見下ろしながら、微笑ましい気持ちになった。

私には兄と弟といった男兄弟しかいないけれど、妹がいたらこんな感じなのかしら。

そう思いながら、セリアのサラサラの髪を撫で、余計な口は挟まずに、セリアが落ち着くのを待つ。

少しずつセリアの嗚咽《おえつ》が小さくなってきたので、泣き止みそうなのかしらと顔を覗き込むと、セリアはごしごしと乱暴に目元をぬぐっていた。

それから、泣き濡れた顔を上げると、私を見てにこりと微笑んだ。

まあ、可愛いらしい。目元も鼻も赤いけれど、そこがまた可愛いらしいわ。

そう思い、無意識に髪を撫でる。

すると、セリアはにっこりと白い歯を見せ、喜びが弾けるような表情で口を開いた。

「ルチアーナ様、……ありがとうございます！　ルチアーナ様のおかげで、私は未来とつながることができました。本当に、ありがとうございます！　私に途切れていた生を与えてくださって」

きらきらと輝くセリアの瞳が一心に私を見つめていて、少しくすぐったい。

私はつられて笑顔になると、セリアに向かって優しい声を出した。

「セリア様、私はたまたまこの場に居合わせただけですわ。セリア様の運命を変えることができたのだとしたら、今まで必死になって運命に抗《あらが》おうとしていたセリア様とラカーシュ様のおかげだと思いますよ」

実際、発言した通りだと思う。

セリアの視た、私が登場する『先見』に色が付いていたという話については、その能力に詳しくないので分からないけれど、私が1人でセリアの運命を覆したという見解は的確ではないだろう。

ゲームの設定においても、私にそんな能力はなかったはずなので、セリアの勘違いに違いない。

そう考える私に対して、セリアはとんでもないことだというように大きく首を横に振って、否定してきた。

「いいえ、いいえ、ルチアーナ様！　もちろん、ルチアーナ様ですわ！　私に引き続きの未来をくださったのは！」

「……では、セリア様、ラカーシュ様、サフィアお兄様、私の皆が頑張ったからということにしておきましょうか。ふふ、よかったですねえ、セリア様。あなたの未来にはきっと、楽しくて、美しいものが待っているわ。人生をお楽しみくださいね」

セリアの話を聞いているうちにだんだんと、セリアが助かったということを実感できて嬉しくなり、私は思わずふふふと声に出して笑った。

……ああ、よかったわ。ラカーシュに妹がいると分かった時、そして、セリアが命を落とすと分かった時、私にできることはないと諦めなくて。

お兄様の力を借りることができて、ラカーシュと協力することができて、だからこそ、セリアは元気で生きている。もう、臆病者の私からしたら、満点じゃないかしら。

そう思って笑っていると、サフィアお兄様から意味深な表情で見つめられた。

「気を付けろよ、ルチアーナ。お前は外見だけは完璧なのだから、これだけのことを成した後で、女神のように微笑んでみろ。狂信者の１人や２人現れたとしても、それは身から出た錆《さび》というものだからな」

「ええ？　言われている意味が分かりません。そもそも、この場には４人しかいないのだから、狂信者って……」

　言いかけた私の視線の先に、セリアが両手を握りしめ、頬を真っ赤にして、瞳をきらきらと輝かせている姿が見えた。

　私は思わずごくりと唾を飲み込むと、無言のままそろりと視線だけを動かした。

　セリアの隣に立っていたラカーシュは普段通りの無表情だったけれど、その頬は紅をさしたように赤くなっている。

「へ？」

　驚いて、思わずまじまじとラカーシュを見つめる私の後ろで、面白そうな兄の声がした。

「すごいな、ルチアーナ。彫像に血を通わせるなんて」

◇　◇　◇

　頬を赤らめたラカーシュを見て、本能的に何だかまずいと思った私は、セリアに向かって声を掛けた。

「セ、セリア様！」

「はい、ルチアーナ様、何でしょう？」

名前を呼ばれたセリアはニコニコと満面の笑みで、私の言葉を待っている。

ああ、まずいわ。いつの間にか、セリアが親鳥を待つ雛鳥《ひなどり》のようになってしまっているじゃあないの。

それなのに、お兄様に言われるまで気付かなかったなんて不覚だわ。

ラカーシュをちらりと見やると、その彫像のように整った顔は相変わらず無表情だったけれど、未だに頬が赤らんでいる。

恋愛偏差値が低すぎて、ラカーシュの赤らんだ頬の意味は理解できていないけれど、今までのように嫌悪感満載という雰囲気ではなくなっている気がする。

そうよね。一緒に戦ったし、仲間意識みたいなのが生まれていてもおかしくはないわよね。それだって、望まない感情ではあるのだけれど。

どう見たって望まない方向に盛り上がっているフリティラリア兄妹の感情を方向転換させたくて、私はセリアに約束を思い出させることにした。

「セリア様、一つ確認をさせてください。あなたは先ほどの狩りの時間、私とお約束をしましたよね。今回のイベント期間中、危ないことは決してなさらないと」

「ええ……」

私の発言の意図が分からないセリアは、不思議そうに肯定してきた。

私は感心したような表情を作ると、セリアを正面から見つめる。

「私との約束を守っていただくため、魔物からご自分の身を守ろうと走り去られるなど、セリア様は実にご立派でしたわ！　そして、『先見』にて危険が去ったことを予見したというのならば、今回の滞在において、危険なことをされる可能性はもうありませんね。セリア様、お約束を守っていただきありがとうございました」

「え、あの、ルチアーナ様……」

私の言いたいことが分からず、戸惑ったような声を上げるセリアに向かって、私はにこりと微笑んだ。

「ですから、私もお約束を守りますわ。私は今後一切、2度と決して、ラカーシュ様には近付きません！」

「そんな！」

約束の内容を思い出したセリアが絶望的な声を上げた。

ラカーシュは相変わらずの無表情だったけれど、私の絶縁宣言を聞いた途端、びくりと体を強張らせた。ちらりと見ると、頬の赤みも引いたようだ。というよりも、今度は青ざめて見える。

それまで黙って成り行きを見守っていた兄は、理解できないと言った風に声を上げた。

「ふうむ、ルチアーナ。お前の恋の駆け引きは、難解すぎて人を選ぶな。お前が望んでいるところが全く見えないので、意見を差し挟むことははばかられるが、このやり方では何一つ手元に残らないぞ」

兄の言葉を聞いた私は、俯いた振りをしてにやりと微笑んだ。

ふはははは、お兄様。それですよ。

手元に何一つ残らない。それこそが、正に私の狙いなのです。

してやったり感一杯で、俯いてにやにやとしていると、私の視界に磨き抜かれた靴先が入ってきた。

思わず視線を上げると、彫像のように整った美貌が目の前にあった。

うぐっ！　これは本当に、油断をしたまま見つめていい顔じゃあないわね。

息が止まるくらいの美貌って、このことだわ。

そう思ってラカーシュを見つめていると、彼はすっと上半身を倒してきた。

「へ？」

思わずぽかんと見つめていると、耳に心地よいバリトンボイスが響いてくる。

「ダイアンサス侯爵令嬢、君に対して行った全ての無礼な行為に対して謝罪をする。誠に申し訳なかった」

体を倒したのは、私に謝罪するためだったのだと気付いたため、驚いて声を上げる。

「へ？　へええ!?　いや、ラカーシュ様、あなたが謝るようなことは、何一つありませんよ！」

本当に、何一つ思い当たらない。

確かに私に対するラカーシュの対応は、紳士の手本とは決して言えなかったけれど、元凶は私なのだ。

「元はと言えば、迷惑がられているのも顧みずにエルネスト殿下につきまとっていたり、上級貴族でありながら一切の貴族の義務を果たさずに怠けていたりした私が悪いのです。ラカーシュ様が私に嫌悪感を抱くのは、至極普通ですわ」

私は両手を目の前でぶんぶんと振ると、勢い込んでラカーシュの正当性を主張した。

「いや、ご令嬢、そのように自分を貶《おとし》めるものでは……」

私の口から飛び出した私自身に対する評価に対し、驚いたように口を差し挟んできたラカーシュだったけれど、私の最後のセリフを聞きとがめると、はっとしたように目を見張った。

「嫌悪感……私の言動は、君がそう認識するほど酷いものだったのか」

ラカーシュの無表情が崩れて、彼が後悔している様子が透けて見える。

ええと、どうしたのかしら、ラカーシュは？

何だか突然、親し気になったように思われるのだけれど。

妹のセリアを助けられたと思って、突然私が正義の味方に見えてきたのかしら？

そう言われれば、色々なスポーツでもそうだよねと、知っているものに当てはめて考えてみる。

チームみんなで頑張っていても、最後に点数を入れた人が、ヒーローとして祭り上げられたりするわよね。正に今、あんな状態なのかしら。

魔物を倒した際、最後の一押しをしたのが私だったから、ラカーシュには私がヒーローに見えてきたとか？

……うーん、自分で言っておきながら、ハズレている気がする。

そこまで考えた時、私はハッとして大事なことを思い出した。

「そうだわ！　『世界樹《ユグドラシル》の魔法使い』！　うやむやになっていたけれど、あれはどうなったんですか？」

尋ねながら、ラカーシュと兄を交互に見やる。

私は絶対にそんな物珍しくも貴重な存在ではないという自信があるのだけれど、この2人も分かっているのかしらと心配になったのだ。

◇　◇　◇

ラカーシュは慎重そうな表情で私を見つめると、口を開いた。

「ダイアンサス侯爵令嬢、君が『世界樹《ユグドラシル》の魔法使い』について、何も知らないことは理解した。そして、君と件の魔法使いの関係については、私の中で結論が出ている。……多分、サフィア殿も同様だろう。そのため、君にこれ以上尋ねる必要はないと思っていたのだが、……確かに、君の希望を聞いてはいなかったな。君はどうしたい？」

おもねるように尋ねてくるラカーシュを前に、私の答えは一つだった。

「もちろん、今後一切、私と『世界樹《ユグドラシル》の魔法使い』を一緒に語らないでほしいです！　ラカーシュ様もお兄様も結論が出たとのことなので、私が魔法使いではないと分かっていただけたようですが、今後は、冗談でも私を『魔法使い』と呼ばないでいただくと助かります。私は絶対に、そんな貴重な存在ではありませんから！」

　私の言葉を聞くと、ラカーシュは探るように私を見つめてきた。

「『世界樹《ユグドラシル》の魔法使い』と見做されるのは、嫌なのか？」

　全く、愚かなる質問だ。

「もちろんですよ！　お兄様の説明によると、魔法使いはとっても重要な存在みたいじゃないですか。冗談ででも、私が『世界樹《ユグドラシル》の魔法使い』だと噂されてしまったら、それを信じた国の中枢部だとかが調べに来るかもしれません。そうしたら、偽者だとすぐに分かるので、魔法使いを騙《かた》った罪とかで、きっと私は断罪されるんですよ!!」

　私は両手を握りしめると、勢い込んで話し始めた。

　そう。この『世界樹《ユグドラシル》の魔法使い』というのが、断罪の新たなパターンではないかと、私は閃いたのだ。

　この世界がゲームの世界だろうという推測は以前行った通りだけれど、実のところ、前世において、ゲームの全ルートをプレイしたわけではなかった。

　人気のあるルートはほとんどプレイしていたし、大抵の場合はお家取りつぶしの上、ルチアーナ一家が追放されるという筋書きだったため、どのルートを通ったとしても、本筋はそれで間違いないだろうと、ひとり決めしていただけだ。

けれど、今回の『魔法使い』云々《うんぬん》の話を聞いて、私の知らない断罪パターンがあるのかもしれないと閃いたのだ。

つまり、『世界樹《ユグドラシル》の魔法使い』の名前を騙った罪で断罪、というパターンがあるのかもしれないと。

私が知っている断罪理由は、主人公とヒーローの関係を汚い手段で邪魔をしたというものばかりだったので、魔法使いを偽称したというのは、これまでの罪と比べると異色だ。

けれど、だからこそ、この罪が他のパターンと比べて、重く裁かれる可能性があるんじゃないかと心配になったのだ。

何と言っても、『開闢記』にまで記されている存在だ。

重要な存在を偽証したと、厳しく断罪される可能性だってあるのじゃあないだろうか。

そう考えながらも一方では、緩めのゲームだったので、命を取られるほどの罪にはならないだろうと楽観視しているところはあるのだけど。

そんな風に色々と考えながら、私は口を開いた。

「先ほどお兄様から受けた『私は何者か』という質問ですけれど、答えは選択肢の3ですわ。私は魔術の超天才でもなければ、『世界樹《ユグドラシル》の魔法使い』でもなく、ただの侯爵家の平凡令嬢です！」

そもそも私は決して主人公になれない、ただの悪役令嬢でしかないですし。

『世界樹《ユグドラシル》の魔法使い』なんて設定は聞いたこともないし、あったとしても悪役令嬢ごときに用意された設定ではないはずだ。

そう思い、自信満々に否定したのだけれど、ラカーシュと兄からはもの言いたげな表情とともに、沈黙を返されただけだった。

「ちょ、何ですか、その表情は！　言いたいことがあるなら、言ってください」

無言ではあるものの、完全に反論の意を雰囲気で表している2人に対して言い返すと、兄は諦めた様にくるりと目を回した。

「むー、私の経験から言うと、女性がそのような表情をした時は、何を言っても無駄なのだ。真偽のほどは別にして、本人の中ではもう事実が出来上がってしまっているからな。決して、意見を変更しない。こちらが言葉を連ねるだけ時間の無駄だということを、私は悟り済みだ。……まあいいだろう、『平凡令嬢』だったか？　これほどお前にそぐわない単語もないが、しばらくは、お前の遊びに付き合うことにしよう」

相変わらずの斜め上からの兄の回答だったけれど、私の気持ちを肯定してくれたようだ。

ラカーシュとセリアはどうかしら、と思って2人を見ると、セリアがぶんぶんと首を縦に振っていた。

「ルチアーナ様、もちろんです！　私も『先見』の能力持ちであることは、隠しております。卓越した能力を隠蔽することは、必要なことだと思います」

……明らかに、解釈がずれている。私が魔法使いであることを肯定されているし。

そうは思ったけれど、黙っているという結論は私の希望通りなので、セリアの答えに満足することにする。

どの道、今後はあまりセリアと関わることはないだろうから、彼女が心の中で何を信じ込んでいたとしても影響は少ないだろう。

そう考え、最後の1人であるラカーシュを見やると、彼は1歩前に踏み出してきた。

「ダイアンサス侯爵令嬢、君の望みであれば、私が支持しないはずはない」

全くもって、ラカーシュに似つかわしくない話ぶりだ。

ラカーシュはこんな風に、誰かにおもねるような話し方はしないはずなのだけれど……。

そう思い、ちらりと見上げると、ラカーシュの頬は再びうっすらと赤く色付いていた。

無表情で彫像のように整った美貌のラカーシュは、鑑賞対象としては満点だったけれど、人間としての感情があるかどうかは疑わしかった。

けれど今、顔に表情がついたラカーシュは、どこからどう見ても人間に見えた。非常に魅力的な人間に。

ぐふあっ。どうしてそこで、うっすらと嬉しそうに微笑むのかしら。

ダメだ、ラカーシュの瞳がきらきらしてきた。

やばい、これやばい。本能的に警告がでるレベルだ。

逃げ出さないと……。

◇　◇　◇

私はラカーシュを見つめたまま、そろりと1歩後ろに下がった。

けれど、同じタイミングでラカーシュから1歩詰められる。

……だ、ダメだわこれは！　ラカーシュの方が脚が長いから、こんなことをやっていたら、どんどんと間合いが詰められてしまうだけだわ！

狼狽《うろた》える私の前で、ラカーシュは片手を胸に当てると、軽く頭を下げてきた。

「ひっ！」

ラカーシュの漆黒の髪がはらりと額にかかり、絶妙な艶やかさを演出する。

間近で見ると、全てのパーツが整っていて、本当に欠点のない美貌だ。

そんな男性から、これ以上はないというくらいの優雅な仕草でお辞儀をされるなんて、息の仕方すら忘れそうだ。

その時突然、ふとこのシーンはどこかで見たことがあると閃いた。

あ、え、絵本だ！　私、こんなシーンを、子どもの頃に絵本で見たわよ。

ラカーシュが優雅な仕草で頭を下げる光景は、きらきらの王子様が登場する絵本の中の1シーンそのものだった。

絵本の中の王子様とイメージが被るなんて、さすがだわと感心する私など知らぬ気に、ラカーシュは落ち着いた声を出してきた。

「ダイアンサス侯爵令嬢、君に最上級の謝意を伝える。私の妹を救ってくれて、ありがとう。惜しむことなく、その能力を行使してくれたことについて心から感謝する」

それから、1度頭を上げると、今度はサフィアお兄様に向き直り、ラカーシュは頭を下げた。

「同じく、サフィア殿にも心から感謝を申し上げる。我がフリティラリア公爵家は、ダイアンサス侯爵家の誠実さに対して、同じ誠実さを返すことを誓おう」

……真面目だわ。

ラカーシュったら、真面目過ぎるわ。今、あっさりと家名に誓ったわよ。

これは結構、重い誓いだったと思うけれどね。

まあ、そうは言ってもセリアとの約束通り、今後一切、ラカーシュに近寄ることはないだろうから、私には関係ない話ではあるのだけれど。

そう思い、黙って成り行きを見守っていると、ラカーシュは再び私に向き直り、正面から見つめてきた。

「ダイアンサス……」

「うむ、何だ？」

このタイミングで兄が返事をした。

絶対に呼ばれたのが自分ではないと分かっているくせに、一体何をしたいのだ。

私は心の底から迷惑に感じ、兄を睨みつけてみたけれど、兄の性格を把握していないラカーシュは、兄の行動の意味が分からないようで、ぱちぱちと瞬きをした。

そんなラカーシュを見て、兄はわざとらしい声を上げる。

「やー、妹のことだったか。私もダイアンサスなので、私が呼ばれたのかと思ってしまった」

「それは、……私の言い方が悪かったな」

ラカーシュは兄の演技に騙されているようで、申し訳なさそうな表情をする。

ラカーシュの素直な反応を見て、彼のことが心配になり、心の中で助言した。

ラカーシュ、ダメよ。お兄様は面白がって、茶々を入れているだけなのだから。

それなのに、そんな無防備な表情を晒していたら、思うがままに操られること間違いなしだわ。

そう思う私の予想通り、サファイアお兄様は邪気のなさそうな笑顔でラカーシュをそそのかし始めた。

「妹にはルチアーナという名前があるのだが」

「……知っている。が……」

ラカーシュが困ったような表情で言葉を途切れさせる。

やめてちょうだい、お兄様。

ラカーシュには女性を名前呼びすることに、苦々しい思い出があるんですよ。

私はゲームの中、ラカーシュルートのストーリーを反芻する。

まだ彼が幼い頃の話だけれど、社交辞令で言葉を交わしたご令嬢の1人が、ラカーシュの所有権を主張してきたことがあったのだ。

『ラカーシュ様は私のことを「ベラ嬢」と呼んでくれたわ！　お名前で呼ぶのは、妻か婚約者だって、お父様が言っていたわ。だから、私はラカーシュ様の婚約者ね！』

それはもう、物凄い思い込みだったのだけど、行動力と発言力があるそのご令嬢に、ラカーシュはしばらく悩まされ続けたのだ。

そして、その事件以来、ラカーシュは女性の名前を一切呼ばなくなってしまった。

「お兄様、無理強いはいけませんわ！　ラカーシュ様は女性のお名前をお呼びすることに、激しい抵抗があるのです!!」

「では、ダイアンサス侯爵令嬢、君をルチアーナ嬢と呼んでも構わないだろうか？」

私の声とラカーシュの声が被さる。

……ええ、声が被さりましたね。

おかげで、おかしな内容に聞こえましたよ。あり得ない内容に。

ラカーシュ、あなたが女性の名前を呼ぶのは、妹以外では唯《ただ》1人、ゲームの主人公だけです。

そこのところを間違ってはいけません。

そして、私は上級貴族の令嬢ですからね。よく聞き取れなかった質問に対して、不用意に肯定することはないのです。

私はにこりと微笑むと、ラカーシュに向かってはっきりと返答した。

「ごめんなさい、ラカーシュ様」

サフィアお兄様に無理強いされる形で私の呼び方を変更しようとしたラカーシュだ。

ほっとしたように頷いて、引き下がるに違いないと思ったのに。

「……なぜだ。君は私が気に入らないのか？」

なぜだか、食いついてきた。

◇　◇　◇

ラカーシュの真剣な様子に、私はぱちぱちと瞬きを繰り返した。

ええと、ラカーシュはどうしてしまったのかしら？

エルネスト王太子と妹のセリア以外、他人には全く興味がないタイプだと思っていたのだけれど、私を引き留めてきたわよ。

私の説明が足りなくて、納得できない部分があったのかしらと困惑しながら、口を開く。

「なぜなら……ラカーシュ様はサフィアお兄様に強制されて、呼び方の変更を私に打診されたからですよ。ラカーシュ様の気持ちから出たものでもないのに、つけ込むのはよくないと思って、お断りした次第です。セリア様を救ったことに対する感謝は受け取りました。これまでの言動に対する謝罪も受け入れました。ただ、謝罪に関しては、これまでの私の言動にも非がありましたので、私も謝罪します。自分勝手な行動でラカーシュ様を煩わせて、すみませんでした」

根が生真面目なラカーシュからしたら、私の言動は目障りだったろうなと思い、素直に頭を下げる。

すると、反射的にラカーシュから腕を取られた。

「顔を上げてくれ、……ルチアーナ嬢」

「あの……」

「サフィア殿に強制されたからではなく、私が君を識別したいと思ったのだ。……君自身を意味する、名前でもって。……不愉快かな？」

「…………不愉快、ではないですけど。そして、学園の生徒の多くが、私のことを名前で呼んではいますけど。でも……ラカーシュ様は女生徒の誰も、名前で呼ぶことはないでしょう？　これでは、私が特別に見えますよ」

私は冷静に現状を分析すると、ラカーシュに対して注意喚起を行った。

孤高の『歩く彫像』様ですよ。私ごときを相手に、地上に降りてくるものではありません。

冷静さを取り戻してください。

「特別……なのだろう、君は」

けれど、ラカーシュは未《いま》だに混乱しているようで、その返答は冷静さとは程遠かった。

……どうしてしまったのかしら、ラカーシュは。

相手が私以外なら、勘違いしてもおかしくないセリフですよ。

そう思い、ラカーシュが冷静になった際に後悔しないようにと、正論で諭す。

「ラカーシュ様、目を覚ましてください。きっと、あなたは長年セリア様のことを心配されてきたのでしょう。その心配が取り除かれてほっとした分、一緒に心配を取り除いた私を仲間と見做し、信頼を置いてくれているのだと思います。でも、私はたまたま、ここに居合わせただけですから。ここに居合わせていたのが他のご令嬢であったなら、協力したのはそのご令嬢で、その方がラカーシュ様の特別になったはずですから」

「いや、おかしなことを言っているのは君だろう。居合わせたのが君以外だったら、そもそも運命を覆すことなどできやしない。それ以前に、ご令嬢は我が身可愛さに、この場から逃げ出しているだろう。……通常のご令嬢は、君のように勇敢ではないよ」

……ダメだわ、これは。

何だかよく分からないけれど、私が素敵に見えるフィルターが、ラカーシュにはかかっているようね。

彼が冷静さを取り戻すためには、時間を置くしかなさそうだわ。

そう思った私は曖昧な表情を浮かべると、取り急ぎこの場を去ろうと考え、退出のための言葉を探した。

すると、その雰囲気を感じ取ったラカーシュが、そっと私の片手を取る。

「ルチアーナ嬢、一つだけ……具体的に謝罪をさせてもらえないか。君が学園の教室で、私を観劇に誘ってくれた件だ。あれは、……私をこの領地から、件《くだん》の魔物から遠ざけようとしてくれた、君の配慮だったのだろう？」

「へ？」

突然の話に、私は驚いて声を上げた。

ど、どうして今さら、そんなことに気付くのかしら。

そして、なぜ今さら、そんな話を持ち出すのかしら。

ああ、サフィアお兄様の目が光ったわよ。あれは、面白いものを見つけた目だわ。

間違いなく、帰りの馬車で、このことを追及されるわね。

私は困った思いでラカーシュの質問への返答を考えていたけれど、その前に話を続けられる。

「ルチアーナ嬢、誠に申し訳なかった。君が私を観劇に誘ったのは、深い考えあってのものだったというのに、私の考えが不足しており、衆目の中で簡単に断ってしまった。よければ、……改めて、君を観劇にさそうことは可能だろうか？」

「いいえ、不可能です！」

想定もしていない話の流れに、私は驚いて否定の声を上げた。

あれ、あれ、あれ？　どうして、こんな流れになったのかしら??

ぼんやりしていたつもりはないのだけれど、なぜこんな会話になっているのかしら？

ラカーシュは5本の指に入る主要な攻略対象者ですからね。近付くなんて、恐ろしいことはしませんよ！

私の拒絶を聞いたラカーシュは悄然《しょうぜん》とした様子を見せたけれど、思い直したように顔を上げると、言いにくそうに口を開いた。

「ルチアーナ嬢、誠に、……誠に耳障りな発言だということは自覚しているが、魔物と戦う際、『後ほど、淑女の在り方について話をさせてくれ』と君に言ったな。だから、話をさせてもらえるならば、……淑女の正しい在り方としては、男性の誘いをその場で断るものではないと思われる」

「へっ？」

「だから、観劇の件は今、この場で断るのではなく、保留にしてもらえると有難い」

「は……、え？　いや、でも、……えええ？」

あれえ、これは本当に、ラカーシュなのかしら？

血も涙もなく、動く心もないと言われる『歩く彫像』で間違いないのかしら？

何だか訳が分からなくなり、？マークを頭の周りに飛び散らかしていると、兄から声を掛けられた。

「ルチアーナ、男性にここまで言われたのだ。たとえお前が末席淑女だとしても、微笑みとともに受け入れておきなさい」

「…………はい、お兄様」

正解が分からなくなってきたところだったので、1番物事が分かっていそうな兄に従うことにする。

……ま、まあ、後から断ればいいだけですからね。

ええ、もちろんラカーシュには決して近付くつもりはありませんよ。

色々と言い訳をしていたけれど、心の中では分かっていた。

ええ、これは、その場を丸く収めようとする、私の悪い日本人気質ですね。

そして、大体の場合において、『あの時、もっとはっきり言っておけばよかった』と後悔するんですよ。

◇　◇　◇

ラカーシュからは汚したドレスの代わりを用意すると言われたけれど、丁寧にお断りした。

ほほほ、末席淑女ではありますが、何の関係もない男性から衣服をいただくわけにはいきませんよ。

　というよりも、ラカーシュは私の服より自分の足の心配をしてください。

　どれだけ我慢強いか知りませんが、その足は絶対折れているでしょう。

　そんな気持ちを込めて、ラカーシュの曲がった足を見つめると、「……君は、優しいな」とつぶやかれた。

　いや、怪我した足を心配することは普通ですから。

　おかしい、おかしい。私が普通のことをしても素敵に見える、素敵フィルターが私限定でかかりっぱなしですよ。

　あまりよろしくない雰囲気を感じ取った私は、笑顔とともにユーリア様の待つ自室に逃げ込んだ。

　待っていてくれたユーリア様には、物凄く心配された。

「ルチアーナ様！　わずかな時間目を離しただけで、どうしてドレス全体が泥にまみれているのかしら!?　まあ、お顔もお髪《ぐし》も手も、全て泥だらけだわ！」

「妹は未だ幼いようだ……少なくとも、恋愛の作法を理解しないほどには。だから、童女のように、泥遊びにでも興じていたのだろう」

　呆れたような表情で、兄がコメントを差し挟んでくる。

　どうやら、先ほどのラカーシュに対する態度に不満があるようだ。

　すみませんね、及第点が取れるほど恋愛遊戯に長《た》けていなくって。

ですが、あなたの妹が恋愛にうつつを抜かした場合、お兄様も含めた一家全員が放逐される可能性があるんですよ。

……お兄様の場合は、「それもまた人生」とか言って、楽しみそうですが。

私はユーリア様にお待たせしたことを謝罪すると、急いで手と顔を洗ってから、ドレスについた泥をぱんぱんと手で払い、汚れた髪が隠れるようにと大きなリボンで飾られた帽子を被った。

それから、部屋付きの侍女が荷物の整理をしてくれている間、3人でお茶を飲んで待っていた。

あー、おいしい。というか、私って喉が渇いていたんだわ。

そうよね、魔物と戦ったんだったわね。ああ、全身がくたくたに疲れているわ。

座ったことで疲れを自覚した私が、ゆったりとソファに深く沈み込んでいると、いつの間にか荷作りが終了したようで、荷物が運ばれていった。

やっと帰る時間ね。

私は兄とユーリア様にくっついて、玄関まで歩いて行った。

招待客の多くは既に帰ってしまった後のようで、残り数組の客人にラカーシュが言葉を掛けているところだった。

ラカーシュの立ち姿は先ほどまでと異なり、頭のてっぺんから足先まですらりと調和が取れていた。

どうやら、怪我した足を治療したようだ。

この短時間で完治しているかは怪しいところだけれど、ラカーシュの立ち姿から怪我をしている様子はうかがえなかった。

服も新しいものに着替えており、先ほどの戦闘を想起させるものは何も残っていない。

ラカーシュが身に付けていたのは、上下ともに漆黒のシャツとズボンだった。

シンプルな装いではあるものの、首元と手首に宝石が使ってあり、一見して高級そうな雰囲気が見て取れた。

うん、やっぱり筆頭公爵家って別格だわ、雲の上の相手だわね、と思いながら、兄とともに滞在のお礼を言う。

すると、ラカーシュは兄と握手を交わし、ユーリア様と言葉を交わした後、なぜだか半歩踏み出してきて、私の右手を両手で包み込んだ。

「へ？」

「……ルチアーナ嬢、君が私に近付かないと言うのならば、私が君に近付くことを許してほしい。私は、存外役に立つ。君にそのことを知ってほしい」

別れ際の、ラカーシュからの突然の売り込みに、私は慌てて返事をする。

「も、ももも、もちろんラカーシュ様が有能なことは存じていますわ」

ラカーシュは取った私の右手を少し強めに握りしめると、静かな声を出した。

「気高くも美しい撫子《ダイアンサス》のご令嬢、……我がフリティラリアの城に滞在してくれてありがとう。君の

素晴らしさを私に知らしめてくれてありがとう。君の勇気と献身に最大限の称賛をおくる」

その低めの声が、流れるような動作が、うっとりするほど麗しい。

「あの、その……」

一方、私はどうだろう。

悪役令嬢として、数多《あまた》の男性をひれ伏させる役どころだというのに、あわあわと意味をなさない言葉をつぶやくだけで、全く洗練されていない。

王子様然としたラカーシュの相手役としては、失格もいいところだろう。

そう思うのに、肝心のラカーシュは、私がまるで彼の唯一のお姫様でもあるかのように、熱心に見つめてくる。

それから彼は、はにかむように小さく微笑むと、胸に染み入る声で囁いた。

「ルチアーナ嬢、学園で君に会えることを楽しみにしている」

……ぐふっ。

な、何か、今、射貫かれたんだけど。

こ、これは、相手が悪いわね。

血肉が通った美貌の彫像様に真っ向勝負で来られたら、多分、ほぼほぼ誰だって太刀打ちできないんじゃないかしら。

いや、もう、本当に、ラカーシュはどうしてしまったのかしら。

今まで1度だって、女性に対して能動的に働きかけたことなんてなかったはずなのに。

なのに、何なのかしらこれは。

私が思い込みが激しいタイプだったら、いや、そうでなかったとしても、……口説かれていると誤解してもやむなき言動ですよ！

私が勘違いしないでいられるのは、日本人的な控えめ思考を持っているおかげですからね。

そんな風に頭の中では饒舌な私だったけれど、実際には気の利いたセリフの一つも浮かばなかったため、悪役令嬢らしくつんと顎を上げると、ありきたりの言葉を返す。

「ごきげんよう、ラカーシュ様」

「……つれないな、君は。だが、そんなところも慎み深さが表れていて素晴らしいね」

それなのに、ラカーシュからはどこか称賛するかのようにつぶやかれる。

……ダメだわ、ルチアーナ素敵フィルターがかかりっぱなしだわ。

いつ取れるのだ、これは。

そう思いながら、私はフリティラリアの城を後にした。

◇　◇　◇

馬車に乗り込むと、ユーリア様から物問いたげに見つめられた。

先ほどのラカーシュの言動について尋ねたいのだろうなと思い当たった私は、先手を打って口を開く。

「今日のラカーシュ様は、ご機嫌でしたね！」

「ご機嫌……そんな言葉で片付けられるものかしら？」

私の言葉を繰り返したユーリア様が、不思議そうに首を傾ける。

私は勢いが大事だと、こくこくと首を縦に振った。

「ええ、勿論です！　ラカーシュ様は物凄いご機嫌でしたよ‼　その証拠に、いつになく沢山話をされたし、私にまでお世辞を言われました」

「お世辞……。あれを世辞と表現するものかしら？」

さらに不思議そうに、ユーリア様が深く首を傾ける。

私の言葉に全く納得していない様子のユーリア様を見て、困ったなと思った私は、ラカーシュ兄妹に迷惑がかからない範囲で、先ほどの事柄を打ち明けることにした。

なぜなら、話にいくばくかの真実を交ぜることで、往々にして説得力が増すからだ。

「ええと、……実は先ほど、フリティラリア城の一部が壊れまして、その時にセリア様と一緒だったんです。その際、私がセリア様を庇ったように見えなくもない場面があってですね。そのせいで、もしかしたら、ラカーシュ様は私に少し恩義を感じているのかもしれません」

「あら、凄い音がしたので何事だろうと思っていたのだけど、あれは城が壊れた音だったのね。あまりの轟音に何事かしらと多くのお客様がざわついていたのだけど、公爵家の方からは、『城に老朽化した部分があるから、一部改修を行っている。お客様がいる間は、音を出さない作業を行っていたはずだが、手違いがあったようで申し訳ない』と説明があったのよ」

「改修工事……」

ユーリア様の話を聞いた私は、なるほどと思い、聞いたばかりの単語を繰り返した。

そうよね、すごい音だったから、当然みんなに聞こえていたわよね。

そして、公爵家としては、参加者を心配させまいと作り話をするはずよね。

危ない、危ない。公爵家の説明と相反する話をしてはいけないわ。

私は慌てて話を合わせにかかる。

「そ、そうです。つまり、工事の一環でお城の一部が破壊されたのですが、セリア様と私が、うっかり事故に巻き込まれた形になってですね。その際に、セリア様はだいぶ動揺されていたので、ラカーシュ様も感情的に引っ張られて、いつになく感情豊かになっているのかもしれません。……ふふ、おかげで、居合わせた私に感謝をしたのか、それからずっと、私が素敵に見えるフィルターが、ラカーシュ様にかかりっぱなしなんですよ」

最後の方は笑い話に転換しようと、面白がるような表情で話をしたにもかかわらず、ユーリア様は笑わなかった。

それどころか、真面目な顔で見返される。

「ルチアーナ様、男性にとって1人の女性の行動がことごとく素敵に見えるとしたら、それは……」

「それは？」

ユーリア様の言いたいことが分からなかったため、教えてもらおうと聞き返す。

けれど、ユーリア様は途中で気が変わったようで、ふっと微笑むと口をつぐまれた。

「え？　あの？　ちょ、どういうことですか？　ラカーシュ様がどうしたってことなんですかね？」

途中で話を止められて疑問符だらけの私は、きょろきょろとユーリア様と兄を交互に見やる。

すると、兄は呆れたように口を開いた。

「どうしたのかって……、お前、理由もなく『ルチアーナ素敵フィルター』がかかるということは、ラカーシュ殿がお前に…………止めた」

けれど、結局、兄も肝心なところで話を打ち切ってしまう。

「へ？　ちょ、お兄様、分かっているのなら教えてくださいよ！」

「お前は16にもなって、こんなことまで説明されないと分からないとは……。感情が成熟されなさすぎだ。自分で考えろ」

「そ、そんな!!」

悲痛な声を上げる私を、ユーリア様は面白そうに見つめてきた。

「あらまあ、本当に、……サフィア様の妹君は、サフィア様が言われる通り幼いようだわ」

「うむ。妹に高等教育が必要なのは間違いない」

兄はしかつめらしい表情で肯定した。

いつの間にか、私を置いてけぼりにして話が進んでいる。

私はきょろきょろと2人を交互に見つめてみたけれど、ユーリア様は私の疑問に答えることなく、考えるかのような表情で口を開いた。

「ラカーシュ様は完全無欠だと思っていたけれど、そちらの方面は疎いかもしれないわね。何せ、経験が全くないでしょうから。しばらくはご自分の感情を受け入れられなくて、持て余してしまうかもしれないわ。……ふふ、でも、あの方は物凄く優秀だから、1度受け入れてからは早いでしょうね」

ユーリア様はおかしそうに笑った後、悪戯《いたずら》を思いついたような表情で兄を見た。

「何事にも公明正大な方だから、自分の感情を自覚された後は、保護者役であるサフィア様のところに、正々堂々と交際のお申込みがあるかもしれないわ」

「やー、それは願ったり叶ったりだな。せっかく外見が美しい妹がいるのだから、多くの男性から申し込みがくるのを楽しみにしていたのだ。何と言っても私の夢は、妹にまとわりついてくる有象無象の若者たちを返り討ちにすることだからな」

兄が楽しそうな表情で返事をする。

返り討ち！

何て兄に似合う言葉だろうと思いつつも、話にのぼっている相手がラカーシュならば、この勝負はどちらが勝つのかしらと考える。

サフィアお兄様対ラカーシュ。……絶対、その場に居合わせたくはないわね。

そう戦々恐々としている私の前で、ユーリア様はおかしそうな声を上げた。

「まあ、それは……。実質的には申し込みを許可しないと言っているようなものじゃないの。ふふふ、結局、サフィア様も妹君を手放したくないのね」

微笑んでいるユーリア様に対し、兄はいつものとぼけたような表情で返事をしていた。

「さて、私はやりたいことをやっているだけだ」

◇　◇　◇

筆頭公爵家の領地は王都に隣接しているだけあって、それからすぐに、ユーリア様の自宅に到着した。

公爵家に同行させていただいたことのお礼を丁寧に述べた後、ユーリア様と別れる。

……さあ、サフィアお兄様と2人きりになったわよ、これからが訊問タイムの本番ね、と身構えたけれど、なぜだか兄は一切質問をしてこなかった。

我慢できなくなった私が思わずそのことを尋ねると、実に兄らしい答えが返ってきた。

「やあ、お前が珍しくも面白い存在だということは分かったからな。1度に全てを解明してしまっては、面白くないだろう。推測する時間を楽しもうと思ってね」

「……お兄様の考え方に賛成はできませんが、心から感心しますわ。全てにおいて、楽しむことを優先する姿勢を貫けるなんて、すごいことです」

私は本心から感心して、賞賛するかのように兄を見つめた。

人間には色々な義務だとか、役割だとかがあるのに、それら全てを無視して面白さを優先させるなんて、ある意味誰よりも人生を楽しんでいるわね。

普通は、色々なものにがんじがらめにされていて叶わないはずなのに、自分の立場を保ったまま実践できるなんて、すごいことだわ。

でも、お兄様が質問をしないなら、逆に私が質問してもいいかしらと口を開く。

「お兄様、その、先ほどユーリア様と話していた内容ですが、……ええと、ラカーシュ様が私との交際を望むかもしれないとか、そんな話に聞こえたのですが、本当にそんな可能性があると思います？」

図々しい質問だとは思うけれど。

でも、兄とユーリア様の会話は、そんな風に解釈せざるをえないように聞こえたのだ。

兄はちらりと私を見ると、頬杖をついた。

「可能性はいつだってゼロではない。私としては強い相手を返り討ちにしたいので、ラカーシュ殿を歓迎するがね」

「それは、歓迎するとは言いません」

言い返しながら、困ったなと内心でため息をついた。

行きの馬車の中では、セリアの命が助かるようにと、それだけを祈っていた。

そして、その祈りは聞き届けられたようで、セリアは救われた。

だから、フリティラリア公爵家を訪問したことは1ミリも後悔していないけれど、でも、冷静に考えてみると、ラカーシュとの距離はすごく縮まったのではないだろうか。

つまり、攻略対象者から距離を置くという、元々の目標は全く達成されていない。というか、悪化している。

だからといって、一足飛びにラカーシュが私に好意を持つとは考えにくいけれど。

そして、そもそもラカーシュは、そんな風に恋にうつつを抜かすようなタイプではないと思うけれど。

けれど、もしもラカーシュに好意を持たれてしまったら。

そして、半年後に現れるゲームの主人公が、ラカーシュを選択してしまったら。

主人公からしたら、私は完全に恋のライバルだわ!!

ええ、もう、私が何をしたって意地悪に見えて、悪役令嬢と呼ばれ出すんですよ。

まずい、これはまずいわ。

……と、とりあえず、断罪されて、平民落ちした時の心積もりをしておかないと。

そ、そうだ、その時は一緒に放逐されるし、迷惑をかけることになるから、弟に平民落ちの可能性について説明しておかないと！

「お、お兄様、コンラートは家にいるのでしょうか？」

弟であるコンラートのことを思い出した途端、そわそわと気になり始め、つい兄に質問してしまう。

兄は数秒間黙って私を見つめた後、わずかに目を眇めながら口を開いた。

「お前が家にいる時間は、必ずいるだろう」

「そ、そうよね。あんなに小さいんだから、どこにも1人で行けやしないわよね」

私は安心したようにつぶやくと、馬車の窓から外を見た。

馬車は丁度、我が家の敷地に入って行くところだった。

私は兄に向き直ると、頭を下げた。

「お兄様、今回は私の突然の我儘に付き合っていただき、ありがとうございました。おかげで、全てが上手くいきましたわ」

兄は私がお礼を言うのを黙って聞いていたが、聞き終わると、礼を言われるほどのことではないといった風に片手をひらひらとさせた。

それでも私が感謝を込めて見つめていると、居心地が悪そうに咳払《せきばら》いをして、「それよりも」と続けた。

「ルチアーナ、今後、同様なことが起こりそうな場合には私に伝えなさい。人命がかかわる可能性があるならば、確証がなかったとしても必ず協力しよう」

……やっぱり、お兄様は正義の味方じゃないのかしら。

そう言ったら、不愉快そうな表情をされるのだろうけど。

そう思いながら、私は玄関先で兄と別れた。

それから、汚れていた髪を隠すために被っていた帽子を脱ぐと、手渡されたタオルでごしごしと髪を拭きながら、弟の部屋へ向かった。

「コンちゃん、コンちゃん、開けるわよ？」

弟であるコンラートの部屋をノックしながらそう声を掛け、私は扉を開けたのだった。

【SIDE】ラカーシュ「胸に咲く花の名は」

私――ラカーシュ・フリティラリアは、これまでの自分自身に満足していた。

もちろん自身が完璧だとか、完成されているなどと思っていたわけでは決してない。

けれど、ただ漫然と毎日を過ごしていたわけでもなかった。

理想を胸に掲げ、その姿に少しでも近付けるようにと日々努力してきたのだ。

だから、少しずつ成長し、理想の形に近付いていく己の姿に満足していた。

――そうであったというのに。

あの日、私の全てはバラバラに壊され、たった一瞬で作り替えられてしまった――……。

「セリア、昨日と今日のお前は違って見えるな。その怪我をした腕のせいか？」

全てを変えられてしまった運命の日の翌朝、私は不思議に思いながら、妹であるセリアに話しかけた。

昨日の朝も同じガーデンテーブルで妹と朝食を取っており、目にする景色は同じはずであるのだ

けれど――敢えて違いを挙げるとするならば、怪我をして包帯を巻かれたセリアの腕くらいなのだけれど――――、私の目には全てが異なって見えたからだ。

正面に座るセリアは私の言葉に首を傾げると、戸惑ったような声を上げた。

「お兄様もそうなのですね？　見える景色は昨日と全く同じであるはずなのに、私にとっても今日の景色は違って見えます。芝生も、木や花も、黒鳥も、お兄様も、この目の前に並べられたパンだってきらきらと輝いて見えるのです」

「ああ……！」

密《ひそ》かに心の中で感じていたことを言葉にされ、私は驚きの声を上げた。

妹の言う通りだ。不思議なことに、今朝は全てのものが輝いて見える。

我がフリティラリアの城も、妹のセリアも、テーブルの上に並べられた何の変哲もないカトラリーだって。

けれど、そんなことが起こるはずはないと思い込んでいたため、私の目が不調を起こしているのだと考えていたのだ。

「兄妹2人ともに不思議な現象が起こるものだな。私の視力に問題が生じていたのかと思っていたが、……そうか、お前も同じならば、実際に全てのものが輝いているのだろう」

ぽつりと心情を零すと、セリアからきらきらと輝く瞳で見つめられた。

「ええ、そう思いますわ！　私にとって昨日は、世界を創り替えられた1日でしたもの。ルチアーナお姉様が、私を死の運命から切り離してくれたのですから。もう私は、残された日々を数えながら、怯《おび》えて過ごすことはないんです」

　セリアが会話の中で、ルチアーナ嬢を『お姉様』と呼んだことに気付いていたけれど、その単語が耳に心地よく響いたため、敢えて問いただすことは止めておく。

　代わりに、今後も変わらずセリアが妹であり続けることを再認識した私は、しみじみとつぶやいた。

「そうだな。これからもずっと、お前は私の妹でいてくれるのだな」

　セリアは嬉しそうにふふふと笑い声を上げた。

「ええ、私はまだこの世界で生きていけるんです。そのことが、とても嬉しいです。ああ、世界は輝いていて、美しく見えます！　私は私に世界の美しさを教えてくださったルチアーナお姉様に、生涯感謝いたしますわ」

　セリアの言葉に私は頷いた。その通りだと思ったからだ。

　セリアに……そして、私に輝かしい未来を与え、世界の美しさを教えてくれたのは、ルチアーナ嬢だった。

　一方私は、兄としてセリアに何ができたのだろう？

　そう考えると、自分の不甲斐なさが際立つ気がして、せめて正直であろうと口を開く。

「セリア、告白するが、私はお前を救うことができない己と、絶対に変えられない未来に絶望していた。お前が視る悲劇的な『先見』を変えるために私は存在するのだと、確固たる信念を持っていたはずなのに、何度も何度も変えられない未来と対峙するうちに、いつの間にか信念が磨滅し、諦念の気持ちに塗りつぶされていたのだ。お前を救うため、誰よりも強い意志を持つべきであったというのに、……すまなかった」

私の言葉を聞いたセリアは、責めることなく穏やかな表情で微笑んだ。

「分かりますわ、私もそうでしたから。未来を変えられないのであれば、私の『先見』は何のためにあるのだろうと、何度も何度も自問しました。けれど、努力しても、足掻いても、何をしても未来は変わらなかった。だから、私はいつの間にか、『先見』の内容を役立てようとは思わなくなってしまったのです」

「ああ……」

「けれど、私たちは間違っていたのですね。絶対的だと思っていた未来は、実は変える方法があって、ルチアーナお姉様はそれを示してくれました。お姉様の起こした奇跡によって、世界の見え方が変わりました。世界は美しく、優しくて、私たちが正しい方法で語りかければ、きちんと応えてくれるのだと、私は教えてもらいました」

「その通りだ」

私は妹に同意すると、周りの景色をぐるりと見回した。

整備されたレンガ造りの歩道、黒鳥のオブジェが飾られた噴水、咲き誇る花々。全てがきらきらと輝いていて美しかった。

……ああ、いつの間にか、私は世界を汚くて残酷なものだと思い込み、絶望していたのだけれど、それは私が世界の見方を知らなかっただけなのだ。

だから、昨日と今日を比較してみても何一つ変わらないというのに、ルチアーナ嬢から世界の正しい姿を教えてもらっただけで、全てが輝いて見えるのだろう。

「私は愚昧だったな。運命に立ち向かう方法を見直そうとしなかったのだから。力でもって運命をねじ伏せようとしていたけれど、その考えが誤りだったのだ。ルチアーナ嬢は力ではなく、するりと誘導するかのような方法で運命を動かした。私のやり方では、１００回試しても運命を変えられなかっただろう」

言葉を発しながら、私はこれまでの自分を省みていた。

なぜ私は、より大きな力で運命を変えようとするやり方を、唯一の正しい方法だと信じていたのだろう。

私は嫌になるくらい融通が利かず愚直であったな、と苦笑する。

そんな私を見て、セリアは考えるかのように小首を傾げた。

「お兄様は言われましたよね、運命の結論は変わらないと。たとえば答えは変わらないから、『5＋5』から『5×2』と、数式を変更することはできても、10という結論は動かせないと。でも、お姉様はそこに全く新しい式を埋められたのですわ、答えが変わってしまう式を」

妹の言葉に深く頷くと、私は昨日のルチアーナ嬢の姿を思い浮かべた。

……魔物と対峙した際、ルチアーナ嬢は目に見えて分かるほど全身を震わせていた。

魔力が低く、実戦経験がない貴族のご令嬢としては、当然の反応だ。

その後、彼女は魔物に向けて火魔術を発動させたものの、非常にお粗末な代物で、とても戦力にはならないと即座に判断できたほどだった。

だというのに、彼女は私が用意した「退避する」という安直な道を拒絶し、その場に踏みとどまった。

ほとんど面識がないセリアと、……それから、明らかに戦力が不足しながら応戦していた私を救うために。

――ルチアーナ・ダイアンサス侯爵令嬢。

それは美しく、勇敢で、慈愛の心を持った尊ぶべきご令嬢だった。

『リリウム魔術学園の劣等生で、傲慢な貴族令嬢』

愚かなる私は彼女の表面だけを見てそう考えていたけれど、彼女の本質を示す表現では決してなかった。

ルチアーナ嬢の魔術レベルは高くなかったし、本人もそれを自覚していた。

にもかかわらず、わが身を省みず、他者を救おうとする尊ぶべき心根のご令嬢であったのだ。

だからこそ、ルチアーナ嬢は運命を切り開く力を与えられた、世界で唯1人の『世界樹《ユグドラシル》の魔法使い』として覚醒した。

――全くの仮定の話だけれど。

もしかしたらルチアーナ嬢と同様に、『世界樹《ユグドラシル》の魔法使い』となれるべき能力を潜在させる者は、世界中に幾人かいるのかもしれない。

けれど、実際に魔法使いになる可能性を秘めている者がいたとしても、覚醒には至らないのだろう。

『開闢記』に記されているにもかかわらず、実際に存在が確認されたことがない稀有なる存在であることと、ルチアーナ嬢が魔法使いとして目覚める瞬間を目にした私は、心からそう思った。

――絶対的に格上の魔物と対峙した場合、通常の者なら迷わず逃げ出すだろう。

だというのに、ルチアーナ嬢は逃げなかった。

なおかつ、現状を打開しようと、最善の手を模索して術を発動させようとした。

……通常、あのように己の命を懸けて魔物と対峙する場面に踏みとどまり、応戦しようとする者は、例外なく高位の魔術師のみだ。だから、応戦方法として必ず魔術を使用する。

けれど、ルチアーナ嬢の魔力は決して高くなかったから。

だから、最善の手として術を発動させようとした際、魔術ではなく手掛かりもないくらいの不明の手段――魔法を選択し、全身全霊で発動させたのだろう。

「魔法使い」の存在について、可能性が高い推測は二つだ。

一つは、『世界樹《ユグドラシル》の魔法使い』という存在自体が希少で、ルチアーナ嬢1人しか存在しないということ。

残る一つは、『世界樹《ユグドラシル》の魔法使い』になれる可能性を持っている者は幾人かいるのだけれど、先に述べたような覚醒条件を満たすことができず、能力が発現しないということ。

……いや、魔法使いの可能性を持っている者がルチアーナ嬢1人だとしても、16歳になって初めて覚醒したということは、いずれの場合であっても、覚醒条件が課せられているのだろう。

どちらにしても、ルチアーナ嬢が『世界樹《ユグドラシル》の魔法使い』として覚醒したことが、奇跡的な出来事であったことは間違いない。

そして恐らく、『世界樹《ユグドラシル》の魔法使い』になれる可能性を持っている者が複数人いたとしても、『世界樹《ユグドラシル》の魔法使い』は世界に1人しかいないと言い伝えられていることから、「魔法使い」がこの世界に発現した時点で、「2人目の魔法使い」は存在できないように世界が組み直されるのだろう。

――――あくまで仮定の話で、どこまでも推測でしかないのだけれど。

けれど、根拠はないものの、自身の推測が当たっているように思われる。

「……そして、もしも」

私は無意識のうちに、口の中で小さくつぶやいた。

……もしも、私の推測が誤っていて、2人目の『世界樹《ユグドラシル》の魔法使い』が現れたとしたら、……さらに、魔法使い同士で対立することがあれば、……その時、私はルチアーナ嬢の絶対的な味方になろう。

私を救ってくれた、勇敢で心優しき魔法使いの味方に。

そう考えた瞬間、私は答えを見つけたような気持ちになった。

……ああ、そうだ。私はいつであっても、どのような状況であったとしても、彼女に与《くみ》しよう。

それが私の真にやりたいことだ。

――結論が出たことでほっとした私は、胸の内に溜まった熱を放出するかのように、深いため息を吐いた。

それから、テーブルの上に所狭しと並べられた多くの料理を見回し、少し迷った末に小さな白パンを手に取る。

「お兄様、食欲がないのですか？」

私がパンを食する時は、食事を終えようとしている時だと理解しているセリアが不思議そうに尋ねてきた。

「先ほどから、お兄様はティーしか飲んでいませんわ。そんなに少ない食事では、すぐにお腹がすいてしまいますよ」

「そうだな」

妹に同意しながらも、しかし、胸が詰まったような思いがして、どうにも食事が喉を通りそうになかった。

昨日の運命の出来事以降、私の全ては1人のご令嬢に占められていて、それ以外のものが入りそうにないのだ。

あの紫髪に琥珀色の瞳をした、勇敢で、慈悲深く、少しばかり勘が悪い……。

「いや、これまでの彼女の言動に、特別勘が悪いという様子は見受けられなかったから、単に私に興味がないだけか……」

私はぽつりとつぶやくと、昨日からずっと気になっていたルチアーナ嬢の行動を思い返す。

運命の日の前日、……学園にて、父の誕生会の話をしていた際、ルチアーナ嬢が私を観劇に誘ってくれた時のことを。

今思えば、彼女のあの行動は、私を魔物から遠ざけようとしてくれたのだろう。

ルチアーナ嬢が城を去る際にそのことを確認したが、……そして、遠慮深い彼女からは返答をもらえなかったが、その時の彼女の表情から間違いないと思う。

つまり、彼女は最初、セリアではなく私を領地から遠ざけようとしたのだ。

そのことを不思議に思い、なぜルチアーナ嬢がそのような行動を取ったのか、と理由を考察していると、……本来ならば私こそが、あの魔物に酷い怪我を負わされていたのではないかという結論に辿り着いた。

私にはルチアーナ嬢が何を知っていて、どのような判断の下に行動したかなど一切分からないけれど、それでも、彼女が私を守ろうとしてくれたことは間違いないと思った。

恐らくルチアーナ嬢がいなければ、私は回復師でも治癒できないほどの大怪我を負っていたはずだ。

――ルチアーナ嬢はセリアとともに、私を守ってくれたのだ。

これからも戦っていける強靭《きょうじん》な肉体と、折れない心を、私に残してくれた。

そして、彼女が美しい世界を見せてくれたから、私は再び、世界に立ち向かっていける。

自分を信じ、未来を信じ、美しい世界を守ることに尽力できるのだ。

「はは、は……、完全敗北だな。十分に満足していたはずの全てをバラバラに壊されて、再生されたというのに、これほど心地よく感じるとは……」

私は自嘲するかのように笑い声を上げると、満ち足りた気分でセリアに視線を向けた。

気分はすっきりとし、まるで生まれ変わったような気持ちになっていた。

「セリア、悪いがお前の兄は今日から立派でなくなる。これまでの私は、お前が私を誇れるようにと、誰よりも気高くあることに専心していたけれど、もうお前は命の期限を案ずる必要がなくなった。だから、私は生きたいように生きていこうと思う」

「まあ！」

セリアは驚いたような声を上げたけれど、その表情は嬉しそうだった。

「お兄様、私はやっとお兄様を解放できるのですね。自由に、やりたいことを行うお兄様を、私は心から応援しますわ」

私は小さく微笑むと、控えている侍従に申し付けた。

「このガーデンテーブルから見える範囲全てに撫子《ダイアンサス》を植えるよう、庭師に伝えてくれ」

「ダイアンサスですか……？」

侍従の戸惑った表情を見て、問い返す。

「ああ、不都合があるか？」

「今は秋ですが、確か撫子《ダイアンサス》は夏の花だと記憶しています……」

「夏の花か！」

私は思わず感嘆の声を上げた。

植物は本来、日光量が最も多い夏を好むものだけれど、競争が激しいという理由で、多くの植物は夏に咲くことを避ける。

夏に咲く花は強きものだけ――黒百合《フリティラリア》ですら春に咲くのだから。

「ははっ、だが、学園での彼女を思い返すと納得できるな」

学園で何度も目にした、高慢そうな表情で周りの者を睥睨するルチアーナ嬢を思い出すと、夏に咲く花というのも納得できる。

けれど、一方では、実際に言葉を交わした際の彼女の印象が学園でのそれと大きく異なり、笑いが零れる。

……ああ、もしかしたら、彼女は学園で虚勢を張っているのかもしれない。

学園には婚姻相手を探しに来ているのだろうと思うほど、男性を追いかけていたイメージがあるけれど、昨日私が行ったアプローチに対して、ルチアーナ嬢は全く気が付いていないようだった。

あの反応を見るに、本来のルチアーナ嬢は恋愛事に関心がないように思われる。

そして、実際に、彼女は父の誕生祭に参加もしなかった――独身男性を含めた高位貴族が多く参加していた筆頭公爵家の夜会に、……同じ館に滞在しながら。

「……だとしたら、高慢なご令嬢というイメージと同様、恋愛至上主義というのも、彼女が作り上げようとしている虚像なのか……」

恐らく昨日目にした、勇敢で、志が高く、けれど、恋愛面に鈍感な彼女が本質なのだろう。

学園での彼女は、侯爵家の令嬢という高位の出身にもかかわらず、魔力が低いことを侮られないよう、必死で強がっているのかもしれない。

「何ともまあ、……可愛らしいことだ」

そうつぶやく私の胸の中に、風が吹く。

――爽やかで、これまでの私を全て吹き飛ばしていく新しい風が。

そして、全てが吹き飛ばされ、何一つなくなった胸の中に……花が咲く。

小さくて、繊細で、撫でたくなるほど可愛らしい花が。

――ああ、私の胸に紫色の花が一輪、咲き開くのだ。

「セリア、たった1日で私の全ては作り替えられてしまった。私の胸の中には爽やかな風が吹き、その後に小さな紫色の花が咲いた」

「まあ、お兄様！　確かに昨日のお兄様はルチアーナお姉様に執着しているように見えましたけれど、……そ、そういう意味でしたの？　本当に!?」

私の言葉を聞いたセリアは目を見開くと、心底驚いたように確認してきた。

「胸に花が咲く」とは、貴族家毎に異なった花の家紋を持つ、我がハイランダー魔術王国の貴族特有の言い回しだった。

そして、その言い回しは、恋愛的な意味でのみ使用される。

「……困ったな。胸に咲くのは、紫色の小さな一輪の花のみだ。私の胸の一片しか埋めてくれず、寂しさで胸が痛むようだ」

……ああ、私の勇敢で美しいご令嬢。撫子の君。

私は君に恋を乞うだろう。

熱情に浮かされたような状態になった私は、とてもそのまま座っている気持ちにはなれず、朝食は終わったとばかりに立ち上がった。

先に離席する非礼さを妹に詫《わ》びるとともに、思い出してふと声を掛ける。

「セリア、お前のその腕だが、後ほど回復師をお前の下に向かわせよう」

妹は不注意で、朝食前の時間に怪我をしていた。

大きな怪我ではなかったため、回復師の手にかかれば、あっという間に治るだろう。

けれど、私の言葉を聞いたセリアは、慌てた様に手を振った。

「あ、いえ、結構です！　これは、その、ちょっと思うことがあったのですが、お兄様の話を聞いて、ますます治療すべきではないと考えました！」

「そうか？」

妹の頬が真っ赤になっていることを不思議には思ったものの、私はあっさりとセリアを放免した。

まさかセリアがおかしな悪巧みをしているなんて思いもしなかったから。

我が妹、恐るべし！

翌日の学園にて、ルチアーナ嬢の前で反省の弁を述べる妹を見ながら、私はそう思った。

しかしながら、その際の私は、全力でその悪巧みに乗ってしまったのだから、もちろん妹を咎《とが》め立てることができるはずもなかったけれど……。

サフィアお兄様のクローゼット事情

「サフィアお兄様、入りますよ！」

言いながら、私は兄の部屋の扉を開けた。

「……あれ？」

けれど、開いた扉の中を見回した私は、訝し気な声を上げた。

予想とは異なり、兄の部屋に兄がいなかったからだ。

つい先ほど、執事から兄が呼んでいると告げられ、すぐに駆け付けたというのに、なぜお兄様はいないのかしら？

そう不思議に思いながらも、すぐに戻ってくるはずだと、ソファに座って待つことにする。

しばらくは大人しく座っていたけれど、そのうちにあることが気になって、そわそわと辺りを見回し始めた。

無意識のうちに、視線は兄の寝室へと続く扉に引き付けられる。

……お兄様のクローゼット事情は、どうなっているのかしら？

　先日、個性的な道化師ともいえるようなスケスケの夜着に度肝を抜かれたことは、記憶にも新しい。

　あの時は、セリアを助けることに夢中で、兄の夜着についてはスルーしてしまったけれど、平和な日常が戻ってきた今になって、兄のクローゼット事情が気になり始めたのだ。

　なぜなら、ゲームの中のルチアーナは、主人公を馬鹿にする度に、比喩として兄の服装に言及していたからだ。

『ほほほほほ、お兄様の服装と同じくらい酷い魔術の腕前ですわね！』

『まあまあ、お兄様の服装に負けず劣らずセンスのない演奏ですこと！』

　ルチアーナをして酷いと評される兄の服装が、ゲームの中では一切映像として出てこなかったこともあり、前世の私は、その酷いサフィアお兄様の服装とやらを、見たくて見たくて堪らなかったのだ。

　そして、転生してみると、実際のお兄様は驚くほど麗しい外見を持っていたため、この麗しさの全てを打ち消すほど残念な衣装とは、一体どのようなものなのかしらと、ますます興味が湧いたのだ。

「好奇心は猫を殺す」（意味：過剰な好奇心は、身を亡《ほろ》ぼす）という、前世で聞いたことわざを思い出しはしたものの、ほほほ、クローゼットを見たくらいで身を亡ぼすことなんてないでしょうと、ことわざが持つ戒めを投げ捨てる。

「……もしかして、お兄様は寝室にいるのかもしれないわね？」

自身の行動を正当化するためにそう発言すると、私は寝室へと続く扉を開いた。

「あら、お兄様はここにもいないのね！」

あくまで兄を探している風を装うため、わざとらしくも大きな声で独り言をつぶやくと、私は真っすぐクローゼットに向かった。

さすが侯爵家嫡子のクローゼットだけあって、それは手が込んだ作りの立派な家具だった。

流れるようなフォルムに、繊細な彫り込みが幾つもしてある逸品だ。

「お兄様、もしかしてこの中にいるのですか？」

私は私の役どころに最後まで手を抜くことなく、クローゼットに話しかけると、その取っ手に両手を掛けた。

さあ、この滅多にないような素晴らしいクローゼットから、同様に素敵な衣装が出てくるのかしら？　とワクワクしながら。

そして、勢いよくクローゼットを開いてみると……。

「うわあ！」

思わず声が出た。

「こ、これは……！」

真っ先に目に入ってきたのは、クローゼットの中央に掛けられていた一品だった。

驚いたことに、その服は虹色をしていた。

左胸の部分に紫色の丸い模様があり、その丸を囲むように、藍、青、緑、黄、橙、赤が配色されている。

「あああ、失敗！　先日の夜着を『個性的な道化師』と表現してしまったけれど、大失敗だわ！　これこそが、正に『個性的な道化師』と表現すべき服だったというのに!!」

心からそう発言すると、私はがくりと項垂《うなだ》れた。

さすがですわ、お兄様！　一着目から予想を遥かに上回る逸品が出てくるなんて！

私は敗北感に打ちのめされると、ふるふると全身を震わせた。

けれど、すぐに気を取り直し、隣に掛けられている服に手を伸ばす。

次の服は、一見、どこにでもある上品な服に見えた。

あれ、もしかしたらお兄様にも常識が芽生えてきて、普通の服を着用する気になったのかしら、と少しだけがっかりする。

けれど、落胆するのは早計だったようで、服の背中部分を見つめた私は、「やっぱり！」とつぶやいて、両手で口を押さえた。

やっぱり、お兄様はお兄様だったわ。チャレンジスピリッツを失っていなかったのよ！

兄を称賛する気持ちでカッコよく言ってみたけれど、手にした服の酷さは変わらず、そのことが逆に笑いを誘う。

上品に見えた服の背面には、立体的な純白の羽が二枚付いていた。

着用すると、背中から羽が生えているように見える、お兄様の本領発揮ともいうべき個性的な服だ。

「やだ、もうすごい！　黒じゃなくて、白い羽というところがすごい！　見事なまでのローセンスだわ!!　恐れ入りました」

そんな風に全力で楽しみながら、ひととおりクローゼットの中を探索していると、綺麗な包み紙に包まれた荷物が奥の方から出てきた。

これは何かしら、と不思議に思った私は、手に取って眺めてみる。

けれど、私に中身が分かるはずもなく、どうしてこれだけ包装して、隠すように収納されていたのかしら、と不思議に思って首を傾けていると、ガチャリと扉が開いて兄が部屋に入ってきた。

「ひっ！　お、お、お、お兄さま!?」

私は驚いて目を見開くと、分かり切っていることを口にした。

そ、そうだった！

私はお兄様を待っていたのだったわ。

だというのに、いつの間にか、お兄様のクローゼット探索に夢中になってしまい、お兄様が部屋に戻ってくることを失念してしまっていた。

「ああああ、あの………」

何とか言い訳の言葉を発しようとするのだけれど、頭が真っ白になって、意味のある言葉が一言も浮かばない。

というか、クローゼットの両扉を全開にして、奥に隠してあった包みを手に持っている私は、どう見ても兄の部屋を物色していた現行犯だ。

ま、不味い！　お兄様は19歳で、思春期真っただ中の年齢だ。見られて不味いものの一つや、二つや、三つ、部屋の中に隠してあるだろう。

妹に部屋を荒らされたことが判明した今、プライバシーの侵害だと、烈火のごとく怒ること間違いないわ！

「ご、ごめんなさい、お兄様！」

完全に自分の罪を自覚した私は、しゅんと小さくなると、素直に謝罪した。

兄がいない間に、兄の部屋を勝手に物色していたのだ。

今回のことは完全に私が悪いし、兄にとっては不愉快で、許せない行為だろう。

「本当にごめんなさい、お兄様」

兄が返事をしなかったので、よっぽど怒っているのだと思い、再度深く頭を下げる。

すると、兄は無言のまま、カツカツと足音高く近寄ってきて、私の前で立ち止まった。

磨き抜かれた高そうな革靴が、頭を下げていた私の視界に入る。

怒られることを予想して、ぎゅっと目を瞑ったけれど、いつまでたっても怒声が響かないので、どうしたのかしらと恐る恐る目を開くと、何かを考え込んでいるような表情の兄と目が合った。

「やあ、私からお前に手渡す楽しみが奪われてしまったことは、確かに残念だったが」

「……はい？」

「だが、一方的に贈られるよりも、宝探しのように自分で努力して入手したものの方が、より価値を感じるだろうから、結果的にはお前の行動が正しかったな」

「あの、お兄様……？」

兄が発した独り言の意味はよく分からなかったけれど、怒っている雰囲気が全く感じられなかったため、どういうことかしらとおずおずと口を開く。

すると、兄は真面目くさった表情で片手を差し出し、私が持っていた包みに手を添えた。

「ルチアーナ、これは私からお前へのプレゼントだ」

「え……っ!?　わ、私へのプレゼント、ですか？」

全く予想外のことを口にされ、頭の中が真っ白になる。

え、お兄様は怒っていない？

というか、逆にプレゼントをくれる？

ええ？　確かに怒っているお兄様を見たことはないけれど、不在の部屋に勝手に侵入され、クローゼットを物色されたというのに、怒りを感じないなんてことがあるのかしら??

逆に、プレゼントまでくれるって、温厚過ぎじゃないかしら？

百歩譲って、元々プレゼントを用意していたとしても、部屋を漁《あさ》られるなんて不作法をされたら、プレゼントを贈る行為自体をキャンセルするものだと思うけれど……。

兄の心の広さを信じられなく思いながら、促されるままに手に持っていた包みを開ける。

「……は？」

けれど、包装を開いた私は、それまでの思考の全てをどこかへ吹き飛ばしてしまい、ただ呆けた様に手の中の物を見つめていた。

……包装紙から出てきたのは、女性用の夜着だった。

黄金色でぴかぴかと輝いており、ポンポン付きのリボンがいくつも付いている。共布で作られた、ポンポン付きの帽子まであった。

色といい、デザインといい、先日見たお兄様の夜着とお揃いの品であることは間違いない。

けれど、お兄様の夜着は襟ぐりが深く、薄い生地を使用してあり、上半身が透けていたのとは対照的に、手の中の夜着は首元から足首まできっちり詰まっているスタイルで、透けているどころか、見たこともないほどの厚手の生地を使用してあった。

「お兄様、………これは」

言葉に詰まった私だったけれど、何とか話を続けようと口を開く。

けれど、努力むなしく、続ける言葉を見つけられないでいると、代わって兄が口を開いた。

「言っただろう、お前へのプレゼントだと。その表情を見るに気付いているようだが、私の夜着と揃いの品となっている」

「……え、ええ、そ、そうですね」

そうだけれど、違う。布地の色と、大まかなデザインは一緒だけれど、決定的に何かが違う。

「私は暑いのが苦手だが、お前は逆に寒がりだからな。お前に合う布地に変えておいた」

「な、なるほど。それはまた、お気遣いいただきまして。でも、そのおかげで、お兄様の夜着よりもさらに酷い仕上がりになっているような……」

そう、私の夜着の方が、兄の夜着よりも圧倒的にセンスが悪かった。

少なくとも、王国中の貴族女性が所有している夜着の中から、私の夜着よりも残念な品物を見つけることは不可能だと思われるくらいには。

「……やあ、そう言えば、フリティラリア公爵家に滞在するよう、セリア嬢からお前に誘いが来ていたな。受けるのであれば、その夜着を持っていきなさい」

私の困惑には気付かない様子で、ふと思い出したように兄が提案してきた。

「え？　で、ですが、我が家の恥を、他所のお宅にまで広めるのは……」

プレゼントを、……それも、明らかに特注品であるプレゼントを批判することは心苦しく、小声でぼそぼそと抵抗の言葉をつぶやいてみる。

今回のクローゼット探索で、はっきりと分かったことがある。

それは、お兄様に悪気はなく、ただ圧倒的にセンスが悪いということだ。

だから、贈られる品物がどんなに酷いものだとしても、良かれと思って善意でプレゼントしてくれるのだから、文句を言うのは間違っている。

そう考えて強く主張できなかったことも相まって、当然のように私の気持ちは兄に通じなかった。

逆に、兄から嬉しそうに微笑まれる。

「そうか、私の提案に同意してくれるか。お前は物分かりがよい妹だな。ふふ、手に取っただけでは分からないだろうが、これは驚くほどの優れモノなのだ。着用すると着太りして見える上に、スタイルだって貧相に見えるのだからな。１００年の恋も冷める、最高の逸品だ」

「へ？　お、お兄様？」

最後の一言が理解できず、ぱちぱちと瞬きをする。

すると、兄は勝ち誇ったように微笑んだ。

「安心しろ、ルチアーナ。公爵邸で深夜に誤ってラカーシュ殿に出会ったとしても、この夜着を着用している限り、お前の魅力はマイナス査定されて安全だ」

「は？」

……あれ、私は攻略対象者であるラカーシュを避けていると、お兄様に説明したかしら？

していないわよね。だというのに、私がラカーシュを遠ざけようとしていることをどこからか読み取って、協力してくれるということなのかしら。

「まあ、お兄様ったら有能！」

思わず称賛すると、どういう訳か不審気に見返された。

「私が有能？　それは否定しないが、ここで使うべき言葉は、『悪ふざけが過ぎる』だとか、『邪魔をしないでくれ』だとかだと思ったが、……ルチアーナ？」

訝し気に名前を呼ばれ、真意を探るように覗き込まれる。

けれど、私は満面の笑みで兄を見返した。

「ありがとうございます、お兄様！　この夜着を着た私を選んでくれるような男性を探しますね！」

「……なるほど。私の妹は、思っていた以上の賢人だな」

そう言うと、兄は腕を組んでため息を吐いた。

「妹が素直すぎるのも考えものだな。いや、ルチアーナ、私の悪ふざけが過ぎたようだ。……そうだな、お前の寝室に辿り着いた者には、その夜着で審査するとしても、貴族令嬢としてまずは男性を引き付ける必要があるな。……それについては協力しよう。次の夜会用に、会場で1番美しいドレスをお前に贈ろう」

そう言われた私は、微妙な表情で自信満々な兄を見つめた。

「ありがとう、……ございます」

本気で善意を施そうとしている兄にはとても言えないけれど、兄の最大の問題は、心底趣味が悪いことだ。

だから、本気で贈られれば贈られるほど、センスが悪いドレスになること請け合いなのだけれど……、まあ、私の最大の目的は攻略対象者の忌避だから、酷いドレスを着用して全ての男性から避けられるのは、ある意味で目的が達成されるということで、良いことかもしれないわね。

そう自分に言い聞かせると、私は兄の厚意を全力で受け入れることにした。


だけど、どういうわけか。

しばらくして兄から届けられた特注もののドレスは、見たこともないほど繊細で美しかった――たとえ王城主催の夜会であっても、このドレス以上に美しいものにはお目にかかれないだろうというほどに。

そのため、私は美しいドレスを手に取りながら、「あれ、お兄様ってセンスが悪いのよね？」と、大きく首を傾けたのだった。


……侯爵邸で兄が身に着ける服は、夜着以外どれもセンス良く仕立てられていることや、兄の執務室にもクローゼットが備え付けてあって、そちらに収納されている服は全て趣味がよい品物であることに私が気付くのは、もう少し後の話。

ルチアーナと真央星《ポラリス》の誓約

もしもこの世界の元になっているのが、前世でプレイしていた乙女ゲームであるのならば、一つだけ絶対にやらなければならないことがある。

――前世の記憶を思い出して以来、私はずっとそう考えていた。

前世の私は、この世界の元である乙女ゲームを何度もプレイした。

つまり、攻略対象者を変える度にプレイし直していたのだけれど、オープニングの映像で毎回、もやっとしたものを感じていた。

オープニングはゲームの世界の素晴らしさをプレイヤーに紹介するもので、荘厳な城や輝く湖、煌びやかな衣装に身を包んだ笑顔の主要人物たちが次々に映し出されていく。

その映像はやがて街中の風景に移っていくのだけれど、その際に映し出される1人の少女の姿に、私の目はいつだって引きつけられていたのだ。

なぜなら、煌びやかな世界にあって、その少女だけが薄汚れた服を着用し、陰った表情をしていたからだ。

街中を通る石畳の通路を元気よく駆けていく、笑顔の少女たち。彼女たちを見守る、手に買い物籠を下げた笑顔の母親たち。

その背景に映る色とりどりの品物が並べられたお店の隅に、汚れた服を着た少女が1人、いつだって俯いて地面に座り込んでいたのだ。

陰った表情をした少女の姿は、誰もが笑顔でいる美しい乙女ゲームの世界では、あまりに異端で目を引いた。

けれど、どれほどゲームが進行していこうと、その少女は2度と登場することはなかったから、少女はその後どうなったのだろうと、ゲームをプレイする度に前世の私は気になっていたのだ。

――本当に、よっぽど気になっていたのだと思う。

オープニングに数秒だけ登場する、ストーリーに全く関わってこない少女のことを、前世の記憶が戻ってすぐに思い出したくらいなのだから。

「この世界がゲームの世界であるのならば、ゲームの中で見た少女も存在するはずよね？」

ぽつりとつぶやくと、その少女を探しに行こうと決心する。

私は貴族令嬢に見えないように変装すると、侍女とともに街まで出かけて行った。

街に足を踏み入れると、拍子抜けするほどあっさりと、例の少女は見つかった。

オープニング映像に使用された同じ場所に、その少女は座り込んでいたからだ。

その場所はある商会の建物の隅で、記憶にある通りに少女は薄汚れた侍女服を着用して、暗い表情で膝を抱えていた。

私は少し躊躇《ちゅうちょ》した後、黙ったまま少女の前に立つ。

俯いている少女の視界に私の足が入り込んだはずだけれど、少女は微動だにせず、顔も上げなかった。

周りに全く関心を払わない少女の様子に驚いて、思わず見下ろすと、少女の腕や足は骨が浮き出るくらいに痩せていて、服から覗くそこここに殴られたような痣《あざ》が見えた。

私は咄嗟に少女の前にしゃがみ込むと、大きめの声を掛ける。

「こんにちは！」

私の声に驚いたように、少女が顔を上げた。

くしゃくしゃにもつれた茶色の髪の下から、綺麗な緑の瞳が現れたけれど、私を見て、怯えるかのように瞬きを繰り返した。

顔の半分には火傷《やけど》の痕のような大きな傷があり、それを見た私は唇を噛み締めたくなる気持ちを必死で我慢すると、笑顔を作って両手を差し出した。

「初めまして、ルチアーナ・ダイアンサスです。嫌なことは絶対にしないので、うちに来てください」

少女は驚いたように目を見開いたけれど、それだけだったので、もう1度スカウトする。

「おいしいご飯を三食付けます。昼寝もし放題です。しばらくうちにいて、やはり今の場所に帰りたいと思ったら、きちんと帰します。まずはお試しからでもいいので、うちにきてください」

それから、少女が侍女服を着用していることから、座り込んでいる建物の商会で働いているはずだと当たりをつけながら、一緒に連れて行くべき人がいないかを確認する。

「あなたは家族と暮らしているのですか？　一緒にいたい人はいますか？」

私の言葉を黙って聞いていた少女は、首を横に振ると、真意を探ろうとするかのように見つめてきた。

ここが勝負どころだわと思った私は、悪役令嬢には似合わない、人の好さそうな笑顔を張り付けて見返す。

すると、絶対に引かないと思った私の気持ちに押されたのか、少女はびくりと肩をはねさせ、反射のように私の手に自分の手を重ねた。

「手を取ったわね！　ふははは、これであなたはうちの子よ!!」

まるで悪役のようなセリフを吐く私は、確かに悪役令嬢だわと思いながら、少女の手を離さないとばかりに強い力で握りしめた。

彼女を引き取る手続きについては、同行してきた侍女に任せることにして、少女が考えを翻す前に侯爵邸に連れ込んでしまおうと考えた私は、少女と2人、急いで馬車に乗り込んだのだった。

馬車の中で改めて観察すると、少女はおどおどとしており、しばらくお風呂に入っていないような匂いがした。

それだけでも商会で大事に扱われていないように思われ、胸の中がむかむかする。

温もりが安心感を与えられればいいのに、と思いながら、馬車の中でぴったりと少女にくっつくと、その細い手を撫でながら、私は怪しい者ではないと証明するために、自分のことについて話し続けた。

「私はルチアーナと言うのよ。よかったら、『ルチアーナ』と呼んでほしいけれど、難しいようだったら、『ルチ』でも、『ルチア』でもいいからね。普段は魔術学園に通っているのだけれど、週末は必ずおうちに帰るようにしているから、その時は会えるわ。ええと、うちは貴族でね、おうちにはお部屋がいっぱいあるから、あなたが気に入る部屋も一つくらいはあると思うの」

馬車に乗り込む際に確認したところ、少女は私の胸くらいの背の高さだったので、10歳くらいかと思われた。

まだ1度も少女の声を聞いていないことが気にはなったものの、できるだけ彼女のペースに合わせようと、色々と質問することは止めておく。

邸に着くと、まずは風呂に入れるべきだと思われたため、侍女を呼んだ。

少女が湯浴みをしている間に着替えを見繕っていると、風呂の世話をしていた侍女が戻って来て、驚くべきことを口にした。

「お嬢様、あの少女は少女ではありませんでした。少年でした」

「えええええ!?」

だって、侍女服を着ていたじゃない！　穿いていたのはスカートだったわよ！

そう思いながら、私は手に持っていたビラビラのレースが付いたピンクの服を無言で見つめると、慌てて別の侍女に、少年用の服を持ってくるように言い付けた。

その日から、少年は――私がポラリスと名付けた少年は、うちで暮らすようになった。

湯浴みを終えたポラリスは、金髪になって戻ってきた。

どうやら汚れすぎていて、金髪が茶髪に見えていたようだ。

顔の半分に大きな痣があるものの、とても綺麗な顔立ちをした少年だった。

商会と交渉した侍女の話によると、彼は数年前に森で行き倒れていたところを拾われたらしい。

魔物が出る森だったため、口減らしのために捨てられたのだろうと、侍女は推測していた。

商会の者たちも同じように考えたらしく、捨てられた命を救ったのだから自由にしていいのだと、それは酷い労働を強いていたらしい。

ポラリスを連れて帰った日、彼が商会の外にいたのも、些細《ささい》なミスを理由に食事を抜かれ、罰として外に出されていたのだという。

侍女服を着ていたのは、サイズが合う男性用の服がなかったからというのが商会の説明だったと、侍女は締めくくった。

全ての報告を聞き終えた私は、悔しさから思わずぎりりと唇を噛み締めた。

服の一枚も買わず、食事もろくに与えずに多くの労働を強いる場所など、連れ去ってきて正解だわ。

本人が望む限り、ポラリスはずっとうちの子だわ、と私は心の中で強く決心したのだった。


侯爵邸に連れてきてから数日後、ポラリスはぽつりぽつりと言葉を発するようになった。

彼が声を出さなかったのは、声帯に問題があったからではなく、長らく誰とも話をしていなかったため、自然と声が出にくくなっていたことが原因らしかった。

ポラリスは外に出て、木や花を眺めるのが好きだったので、手をつないでゆっくりと侯爵邸の庭を散策する。

「紫の、花が、きれいだね」

「ルチアーナ様の、手は、あたたかい」

ぽつり、ぽつりと話をするポラリスの前にかがみこむと、私はポラリスに尋ねた。

「あなたのお名前は、何というのかしら？　商会では何と呼ばれていたの？」

口もきけず、字も書けなかったので、便宜上「ポラリス」と名付けたけれど、名前を持っているのならば、そちらで呼ぶべきだと思ったからだ。

ポラリスは可愛らしく首を傾げると、少し考えた後に口を開いた。

「色々と、呼ばれていたけれど、『おい』か、『ちょっと』が、1番多かったから、どちらかが名前だと、思う」

私は泣きそうな気持ちになったけれど、意識して笑顔を作ると、引き続き「ポラリス」と呼んでいいかと尋ねてみた。

「ポラリスはね、天の北の極に位置する不動の星の名前なの。空の中心にいる、決して動かない、たった一つの星の名前。……今後一切、あなたが他人の都合で動かされないよう、あなた自身の希望で行動できるようにと、願いを込めてそう名付けたいのだけれど」

彼は、口の中で「ポラリス、ポラリス」とつぶやくと、にこりと微笑んだ。

「素敵な、名前、だね。ルチアーナ様が、くれるものは、全部嬉しい」

私はもう堪らなくなって、くしゃくしゃと顔を歪めるとポラリスに抱き着いた。

「ポラリス、楽しいことをいっぱい覚えましょうね。あなたが大きな声で笑ってくれるようになったら、私はとっても嬉しいはずよ」

ポラリスは声を出すことに慣れていなくて、少し話をしただけで息が切れてしまう。

声を出して笑うなんて、今のポラリスにはすごく難しいことに思えるけれど、それを目標にしたいと思った。

しばらくすると、ポラリスは侯爵邸で庭師見習いを始めることになった。

まだ子どもなので、働く必要はないと主張したのだけれど、本人がどうしても働きたいと言い張ったからだ。

私自身も、身の置き所がない様子でぼんやりとしているポラリスを見る度に、彼には役割を与え、役に立っているのだと感じさせることが必要ではないかと感じていたので、正解が分からないながらも了承する。

ただし、それならばせめて、自分が好きな仕事をしてほしいと思い、ポラリスには屋敷内の色々な仕事を3日ずつやらせてみた。

その後で、自分のやりたいことを選ぶように尋ねてみると、本人が庭師を希望した。

ポラリスは植物が好きなので、そう言われると、庭師という仕事は彼に合っているように思われ、働く姿を見守ることにした。


植物には癒しの効果があるのか、それとも、侯爵邸の人の好い使用人たちのおかげなのか、

——可愛い、可愛い、私のポラリスは、いつの頃からか、屈託なく笑うようになった。

「ルチアーナ様、お花をどうぞ」

そう言うと、その日1番綺麗に咲いていたという花を一輪、微笑みながら差し出してくれる。

１日中外にいるおかげで、肌は日に焼けて浅黒くなり、顔半分を覆っている痣もほとんど目立たなくなった。

体中にあった、殴られたような痣は消えてしまい、薄かった体も少しずつ肉付きが良くなった。

たどたどしかった言葉遣いも、聞いていて違和感がないほど上達し、語彙が増えた今では、ポラリスの言葉の意味を取り違えることも少なくなった。

「ルチアーナ様、僕はいつか必ず、このご恩をお返しします」

真剣な表情でそう言うポラリスに、私はいつも同じ言葉を繰り返す。

「ポラリス、あなたが笑ってくれるから、私はもう返してもらっているわ」

けれど、その日は思うところがあって、少し考えた後に言葉を続けた。

「でも、そうね、あなたがこの屋敷の外でやりたいことを見つけてくれたら、私はもっと嬉しくなると思うわ。ポラリス、世界は広いのよ」

それから、ちょっとだけ私の秘密を暴露する。

「実はね、いつか私は偉い人に怒られて、この家を取り上げられてしまうかもしれないの。だから、ポラリスはこの侯爵邸以外でも、生きていけるようになってほしいの」

私の言葉を聞いたポラリスは、大きな目をもっと大きくすると、焦ったような声を出した。

「そんなことがないよう、僕がルチアーナ様をお守りします！」

頬を紅潮させ、どこまでも真剣に言うポラリスは、とても可愛らしかった。

商会であれほど虐げられていたというのに、彼が真っすぐ育ってくれたことがとても嬉しい。

「ふふふ、ポラリスに守られるなら、私は安心ね」

ポラリスはどことなく安心できる雰囲気を持っていたけれど、まだ幼くて、小さくて、まだまだ体が細くて、とても私を守れるようには思えなかった。

だから、私はどこまでも冗談のつもりで、ポラリスの言葉を肯定した。

けれど、ポラリスは真剣な表情で頷くと、どこまでも真面目に返事をした。

「はい、僕が絶対にルチアーナ様をお守りします！」


――それからずっと後になって、私は思った。

私はもっと、思慮深くあるべきだったと。

ゲームのオープニング映像に登場する人物は、ほとんどが主要人物たちだ。

エルネスト王太子、ラカーシュといった攻略対象者たち、あるいは、ゲームの中での重要な展開を決定付ける鍵になる人物たち。

そんな彼らとともに、前世の私が気に留めるほど長い時間、ポラリスがゲームの中に映り込んでいたことの意味を考えるべきだった、と。

私の可愛いポラリスは、正しく「鍵」だった。

このゲームの世界の秘密を読み解く鍵。

そして、私と彼が出会ったのも、きっと偶然ではなかったのだ……。

けれど、その時の私はそのことを知る由もなく、ただただ笑顔でポラリスが世話をしてくれた侯爵邸の庭を眺めていた。

ポラリスが声を上げて笑えるようになって、よかったと。

これで、前世の私が感じていたもやっとした気持ちは解消されたわと。

ポラリスと手をつなぎながら、そんなことを考えていたのだった。

『魔術王国のシンデレラ』ラカーシュ√「その小さな頭に……」

「ひゃああああああああ!!」

喉の奥から、人生で1度も出したことがない声が出た。

私は慌てて口元を押さえると、声が漏れないよう両手に力を込める。

けれど、手袋をはめた一回り大きな手が、口元を押さえていた私の手の上から重ねられた。

はっとして重ねた手の持ち主を見上げると、目が合った瞬間に小さく微笑まれる。

「手を放して？　私は君の声が聞きたいのだよ」

発せられた声が甘すぎて、脳が痺《しび》れそうだ。

こんな至近距離で、こんなに甘さを含んだイケメンボイスを初めて聞いた。

体験したことがない刺激を受けすぎて、足元がぶるぶると震えてくる。

イケボ怖い。というか、イケボ最強。

何だ、この声は。「貯め込んでいる貯金を全部持ってこい」とこの声で言われたら、金のお盆に載せて全財産を差し出すこと間違いない。

ああ、もう私の生殺与奪の権は彼の手に握られてしまった……、とそんな風に意味不明なことを考えている間に、重ねられた手がゆっくりと私の手を口元から外していく。

不思議なことに、私の口元から私の手を離すことだけが目的だったはずの彼の手は、いつの間にか私の指と絡められ、気付いた時には互いの指と指が交互に重なり合っていた。

「ひぃっ！　な、何これ、イケメンテクニック!!」

分からない。分からないけれど、気付いたら色めいた雰囲気を作り出されている。

間違いなくイケメンだけの特殊スキルだ。少なくとも、悪役令嬢が持っているスキルではない。

そう考えた瞬間、悪役令嬢？　と首を傾げる。

え？　どういうこと？

彼に迫られているとしたら、私は主人公《ヒロイン》のはずで……。

そこまで考えたところで、彼――ラカーシュ・フリティラリアが指を絡めたまま、私の片手を自分の頬に押し当てた。

「私が目の前にいるというのに考え事？　私はよほど退屈な相手なのかな？」

ラカーシュが発言した途端、周りに花が飛ぶ。

すごい、すごい！　これぞイケメンの固有スキル「花飛ばし」だわ。

……あ、ダメだ。こんな馬鹿げたことを考えても、ちっとも意識がそれやしない。

ラカーシュの頬に押し付けられた片手がどうにも意識されて、そこだけが熱を持っているようだ。

どうしよう。ラカーシュの頬に触ってしまっているわ。少しひんやりとしていて、物凄く滑らかな肌だ。

やあ、むりむりむり！　息がかかりそうなこんな至近距離で見つめられるなんて、絶対に無理だわ!!

そう心の中で泣き言を言いながら、……待って、そもそもどうしてこんな状況になっているのかしら、と必死で記憶を辿る。

辿るけれど、分からない。気が付いたらこの状況だったのだ。

ラカーシュの背後に見える景色から、今いる場所はリリウム魔術学園の庭であることが分かる。

その庭の中、校舎の壁に背中をくっつけるようにして私は直立しており、私の進路を防ぐ形でラカーシュが立ち塞がっていた。

状況の前後関係は不明だけれど、気付いた時には目の前にラカーシュが立っていて、そのあまりの距離の近さに奇声を上げたのだ。

品行方正なラカーシュからしたら、私が上げた大声は、令嬢として慎みがないと咎め立てるレベルのはずなのだけれど、なぜだか嬉しそうに微笑まれる。

「私のために、君が出したこともないような声を発してくれて嬉しい。君は以前、滅多に出さないような声をエルネストのために上げていただろう？　彼が君の特別のようで、ずっと私は悔しかった」

ラカーシュの言葉を聞いた私は、ぽかんとして彼を見上げる。

え？　これは、私が前世を思い出して、皆の前で派手に転んだ時のことを言っているのかしら？　エルネスト王太子に対して上げた、あのみっともない声を出されたかった？　ど、どうしたのかしらラカーシュは？

「……大丈夫？」

完全にラカーシュの明晰《めいせき》なる頭脳が不調を起こしていると判断した私は、心配して声を掛ける。

すると、ラカーシュはふわりと花がほころぶように笑った。

「君が私を心配してくれるんだ？　ああ、まるで世界が花開いたような気分だね」

いえいえいえいえ！　花開いているのは、あなたの笑顔ですよ！

幻覚なのか、ふんわりと花のようないい匂いまでしてくる。そして、王子様然としたきらきらの笑顔。

むむむ無理です、元喪女には手に負えない事態です！

そう考え、ラカーシュから少しでも距離を取ろうと、張り付くように背中を壁に押し付けていると、摑まれていた両手が解放される。

よかった、助かったとほっと息を吐くのもつかの間、ラカーシュは再び両手を伸ばしてくると、私の頭を包み込んだ。

「ふえっ？」

ラカーシュの行動の意味が分からない。

私は壁に張り付いたまま、視線だけを動かしてラカーシュを凝視してみたけれど、彼は不思議そうに私の頭の大きさを確認しているだけだった。

「小さな頭だね」

私の頭を撫で回していたラカーシュがぽつりとつぶやく。

「こんな小さな頭では、多くの情報は入らないだろうな。だからね、ルチアーナ、君は私のことだけを覚えるのだよ。私がどんな風に君を見つめ、どんな風に君に触れるのか。……でも、こんなに小さな頭では、私の言動の半分も記憶できないだろうな」

言いながら考え込むかのように目を眇めると、何かを思いついたかのように小さく笑う。

「ああ、でも、それもいいかもしれないね。君がその頭の中から取りこぼした分は、私が実地で教えてあげよう。私がどんな風に君を見つめ、君に触れるのかを。――君のその小さな頭が覚え込むまで」

ラカーシュは両手を私の頭から離すと、片手を私の頬にあてた。

「頷いて、ルチアーナ。そして、どうか、……私の恋人になってください」

幸せそうに、はにかむように囁いてくるラカーシュが圧倒的に心臓に悪すぎて、声が出ない。

あ、ダメだ。心臓が止まる。

イケメン無罪って嘘だわ。有罪だわ。存在するだけで、息をするのを忘れてしまうもの。

尊すぎて、倒れそう。これはもう……。

「死んでしまうわね！　息の根が止まること間違いないわ!!」

叫びながら、私はガバリと上半身を起こした。

その瞬間、目に飛び込んできた見慣れた景色を見て、えっ!?　と思う。

「え？　あれ、ここは!?」

状況を把握しようときょろきょろと辺りを見回すと、そこは学園の寮の自室だった。

半身を起こしているのは自分のベッドの上で、……どうやら私は夢を見ていたようだ。

「そ、そ、そうよね！　だよね！　そうでもなきゃ、ラカーシュが私を恋人にしたいなんて言うわけがないじゃない!!」

私はとんでもない夢を見た恥ずかしさで、両手で顔を覆った。

図々しい夢を見たものだわ!!　ラカーシュ・フリティラリアという最高級の存在が、悪役令嬢を相手にするはずがないじゃあないの!!

王道！　彼は王道を歩む、一点の曇りもない人物だわ！　相手をするのは主人公だけよ。

そう思いながら、覆った両手の下からはーっとため息を漏らす。

……ついでに思い出したわ。今見た夢は、ゲームの中のワンシーンだ。

この世界の元になっている乙女ゲーム『魔術王国のシンデレラ』には、主人公の相手役候補である攻略対象者が複数人登場する。

主人公はその中から好きな相手を1人選択できるようになっているのだけれど、ラカーシュを選んだ場合に体験するワンシーンが先ほどの夢だ。

「歩く彫像」と呼ばれ、一切の感情を表さない無感動なラカーシュ。

当然のように、ラカーシュは主人公にも冷ややかな態度を貫き通していたのだけれど、そんな彼が心を溶かされ、一転して感情を漏らしながら主人公に告白するのが先ほどの場面だ。

私は両手を顔から引きはがすと、ベッドの上に転がっていた枕を摑んでぎゅうぎゅうと抱きしめた。

そうしながら、頭の中では先ほどの夢の内容をもう1度思い浮かべ、『ひいいいい！』と、心の中で悶《もだ》える声を上げる。

……す、すごかった。何がすごいって、夢を見ている間は夢だと気付いていないから、実際の体験のように感じたところがすごかった。

前世でディスプレイ越しにゲームをプレイした時も、ラカーシュのイケメンっぷりに悶えていたけれど、先ほどは全然迫力が違った。破壊力が。

「……理解したわ！　ラカーシュが告白した場合、お相手がどんなご令嬢でも即落ちだわね！」

元喪女である私は、夢を見ただけで簡単にそう結論付けてしまったけれど、世の中には難攻不落な女性がいるのかもしれない。そうだとしても、ラカーシュのお相手は彼を好きになるといいなと思った。

あんな全てを兼ね備えたラカーシュから迫られて、実はその相手はラカーシュのことを好きではないなんて、悲劇にしかならないもの。

いや、喜劇なのかしら。

まあ、もちろん、ラカーシュは欠点のない「完璧貴公子」だから、相手が誰だとしても、彼を好きになることは間違いないのだろうけど、……とそう考えながら、私はもう1度ベッドに横になった。

次こそは、心臓にいい夢を見ますように、と願いながら……。

それから、ラカーシュが好きになる主人公はどんな娘なのかしら、と思いながら……。

あとがき

初めまして、十夜と申します。
この度は拙著をお手に取っていただき、ありがとうございます。

本作品は、乙女ゲームの世界に「悪役令嬢」として転生したルチアーナが、恋に魔法にと頑張る話です。

攻略対象者とかかわったら破滅しかないわ！　と、全ての攻略対象者を避けようとするルチアーナですが、彼らには彼らの考えや主張があるので、なかなか思い通りにいかない部分もあるようです。

実際の乙女ゲームであれば、プレイする初期の段階で相手役を決めるものですが、この話では、色々な相手と交流を深めた後、1番しっくりくる相手と一緒になってくれればと思っています。

イラストが超美麗のため、物語の世界にじっくり浸り込めること請け合いです。ルチアーナと一緒にストーリーを追っていただき、お相手を見極めていただけば嬉しいです。

そのイラストですが、担当してくださった宵マチさんの絵に、私は何年も憧れておりました。

本作品を書籍化するに当たって、担当編集者の方が山のようなイラストレーター候補を提示してくれましたが……。

「え、ええ、どの方も素敵ですね……（もじもじ）。ええと、その（そわそわ）、ところで、とっても素敵なイラストレーターさんがいてですね（どきどき）……」

そして、心臓をばくばくさせながら宵マチさんのイラストを見てもらったところ、担当編集者の方も一目で気に入られ、「この方にお願いしてみましょう！」とその場で同意いただきました。

そのため、「なにとぞ」と祈りながら、宵マチさんのお返事を正座待機していたところ、大変お忙しいにもかかわらず、お引き受けいただけました！　……とのお知らせをもらいました。

ありがとうございます。心から感謝した瞬間です。

おかげで、夢のように美しいイラストを描いていただくことができました。

宵マチさん、本当に素敵なイラストをありがとうございます！

ところで、本作品は乙女ゲームを題材にしているにもかかわらず、私自身がろくに乙女ゲームをプレイしたことがないという現状に、はたと気付きました。

これではいけない！　と、スマホに乙女ゲームをダウンロードしてみたところ、ホーム画面にアプリのアイコンが作成され、軽く触れるだけでゲームが立ち上がってくるようになりました。

ええ、軽く触れるだけで、自動的に。

そんな環境だと、昼間はサラリーマンとして真面目に生活している私の指が誤動作を起こしてしまい、……ええ、どういう訳か、職場でそのアプリが立ち上がってしまったのですね。

乙女ゲームのオープニングは凄いですよー。これ以上はないというくらいのイケボがタイトルコールをするんです。おまけにタイトルも凄いです。夜に自宅でにまにましながら聞くタイトルであって、昼日中に職場で皆に披露するものでは決してありません。

結果、「空気が凍る瞬間」というのを、目の当たりにさせていただきました。

私は普段、乙女ゲームとは全く結びつかない生活をしているのです。ええ、全力で真面目なサラリーマンに擬態しております。

そのため、周りの人間には衝撃だったようです。

そして、思いがけない瞬間というのは、体が硬直してしまい、何一つ言葉が出てこないものなのです。

言い訳一つできず、沈黙のまま固まる私。凍り付く職場。そんな中……

「まあ、エロゲーよりは１００倍いいですよね！」

入社したての若い社員が、恐ろしい沈黙を破るように、そう発言してくれました。

普段ほとんど話したこともない方でしたが、思わずフォローを入れたくなるくらい、酷い状況だったと推察されます。

そして、おっしゃる通りですね。エロゲーよりは１００倍いいですよね、多分、きっと、恐らく。

ええ、真偽のほどは分かりませんが、他に縋るものがないので、その言葉を信じて強く生きていきたいと思います。


最後になりましたが、ここまで読んでいただきありがとうございます。

本作品が形になることにご尽力いただいた皆さま、読んでいただいた皆さま、ありがとうございます。

それから、ＳＱＥＸノベルの皆さまにおかれましては、新レーベルの創刊おめでとうございます。

始まりのときめく時期にご一緒できましたことを、非常に嬉しく思います。

おかげさまで、多くの方に見ていただきたいと思える素敵な１冊になりました。

悪役令嬢は溺愛ルートに入りました!?Ⅱ
発売おめでとうございます!!
挿絵では男性率が高かったので、この2人を笑顔でセットで…!

描かせていただきありがとうございまあ!

常マチ。

マンガUP!
毎日更新
名作&新作300タイトル超×基本無料=最強マンガアプリ!!
GC UP! 毎月7日発売
失格紋の最強賢者
~世界最強の賢者が更に強くなるために転生しました~
原作:進行諸島 (GAノベル/SBクリエイティブ刊) 漫画:肝匠&馮昊 (Friendly Land)
キャラクター原案:風花風花
転生賢者の異世界ライフ
~第二の職業を得て、世界最強になりました~
原作:進行諸島 (GAノベル/SBクリエイティブ刊) 漫画:彭傑 (Friendly Land)
キャラクター原案:風花風花
悪役令嬢は溺愛ルートに入りました!?
原作:十夜・宵マチ
作画:さくまれん
構成:汐乃シオリ
神達に拾われた男
原作:Roy 漫画:蘭々
キャラクター原案:りりんら
お隣の天使様にいつの間にか駄目人間にされていた件
原作:佐伯さん (GA文庫/SBクリエイティブ刊)
原作イラスト:はねこと
作画:芝田わん
構成:優木すず
ここは俺に任せて先に行けと言ってから10年がたったら伝説になっていた。
原作:えぞぎんぎつね (GAノベル/SBクリエイティブ刊)
漫画:阿倍野ちゃこ
ネーム構成:天王寺きつね
キャラクター原案:DeeCHA
勇者パーティーを追放されたビーストテイマー、最強種の猫耳少女と出会う
原作:深山鈴 漫画:茂村モト
https://sqex.to/mup
※一部アプリ内課金あり
●「攻略本」を駆使する最強の魔法使い ~<命令させろ>とは言わせない俺流魔王討伐最善ルート~
●おっさん冒険者ケインの善行
●魔王学院の不適合者 ~史上最強の魔王の始祖、転生して子孫たちの学校へ通う~
●二度転生した少年はSランク冒険者として平穏に過ごす ~前世が賢者で英雄だったボクは来世では地味に生きる~
●異世界賢者の転生無双 ~ゲームの知識で異世界最強~
●冒険者ライセンスを剥奪されたおっさんだけど、愛娘ができたのでのんびり人生を謳歌する
●落第賢者の学院無双 ~二度目の転生、Sランクチート魔術師冒険録~
他
©Roy ©Saekisan/SB Creative Corp. ©Shinkoshoto/SB Creative Corp.
©Suzu Miyama ©Ezogingitune/SB Creative Corp.

SQEXノベル

悪役令嬢は溺愛ルートに入りました!? 1

著者
十夜
イラストレーター
宵マチ

2021年 2 月 5 日　初版発行
2023年 2 月27日　5刷発行

発行人
松浦克義
発行所
株式会社スクウェア・エニックス
〒160-8430
東京都新宿区新宿6-27-30　新宿イーストサイドスクエア
（お問い合わせ）スクウェア・エニックス　サポートセンター
https://sqex.to/PUB

印刷所
図書印刷株式会社

担当編集
大友摩希子

装幀
小沼早苗（Gibbon）

ISBN978-4-7575-7063-4 C0093

Printed in Japan